KB117883

사랑의 불꽃

이 책은 책값의 5%씩 적립되며, 일정 금액이 모아지면 추후
은퇴하신 목회자님과 선교사님들을 섬기는 사역에 쓰일 예정입니다.

사랑의 불꽃

지은이 오영례
펴낸이 조현영
펴낸곳 산

초판 1쇄 발행 2022년 6월 5일
초판 2쇄 발행 2022년 6월 10일

출판신고 2021년 7월 26일 제 453-2021-000006호
31961 충청남도 서산시 해미면 용암휴암길 305
Tel 010-4963-5595 Email san-book@naver.com

ISBN 979-11-975878-2-5 03810

www.facebook.com/san20210801

사랑의 불꽃

오영례 시집

사랑의 불꽃

내 가슴속에
사랑의 불꽃으로
찾아 온 당신.

그 불꽃은
나의 가슴을
사랑으로 뜨겁게 하고

나의
눈을 열어
세계를 보게 했네

사랑의 불꽃은
오늘도
나의 심장을 뛰게 하고

나의
전 생애를 사로잡아
인도해 가며

나의 삶을
불사르며
불꽃으로 살게 하네

오영례 시인의 여덟 번째 시집, 『사랑의 불꽃』은 새로운 꿈을 품
고 쓴 시다. 조금 더 정확하게 표현하면 새로운 꿈이라기보다 오
랫동안 갈망해 온 꿈이 새롭게 태어난 것이다. 그 꿈은 '선교'를
위한 꿈이다. 이번 시집의 제목은 『사랑의 불꽃』이다. 이 시집의
서시 「사랑의 불꽃」 속에는 시인의 마음이 담겨 있다. 영혼의 갈
망이 담겨 있다.

사랑의 불꽃은
오늘도
나의 심장을 뛰게 하고

나의
전 생애를 사로잡아
인도해 가며

나의 삶을
불사르며
불꽃으로 살게 하네

「사랑의 불꽃」 속에는 시인의 인생 여정이 담겨 있다. 짧은 한 편의 시 속에 시인은 누구를 위해 살며, 무엇을 위해 사는지 담는다. 시인의 삶의 이유를 담는다. 시인이 노래한 '사랑의 불꽃'은 하나님을 향한 사랑의 불꽃이다. 영혼을 향한 사랑의 불꽃이다. 선교를 향한 사랑의 불꽃이다. 이 불꽃이 시인의 심장을 뛰게 한다. 제법 나이가 든 시인의 심장을 뛰게 만드는 불꽃은 놀라운 불꽃이다. 나이가 들면 심장을 뛰게 만드는 일이 적어진다. 호기심이 줄어들고 열정이 줄어든다. 그런데 시인의 심장은 여전히 사랑의 불꽃으로 뛰고 있다.

사랑의 불꽃이 시인의 전 생애를 사로잡아 인도하고 있다. 시인의 전 생애를 사로잡고 인도하는 분은 하나님이시다. 또한 시인의 전 생애를 사로잡고 인도하는 것은 잃어버린 영혼을 향한 사랑이다. 그리고 선교에 대한 열정이다. 선교에 헌신한 시인은 언제나 선교적 삶을 살아왔다. 선교지에서, 교회에서, 그리고 일터의 현장에서 선교적 삶을 살았다. 하지만 남은 생애를 선교에 재헌신하고 싶은 사랑의 불꽃이 여전히 내면에서 타오르고 있는 것을 본다.

사랑의 불꽃은 시인의 삶을 불사르고 있다. 그래서 시인을 사랑의 불꽃이 되게 만들었다. 사랑의 불꽃으로 살게했다. 이 시집은 시인이 선교에 대한 불꽃을 가슴에 지피며 쓴 글이며 시다. 그래서 시를 통해, 글을 통해 시인의 선교 열정을 만나게 된다. 시인은 고요한 영혼을 소유한 분이다. 하지만 고요한 영혼 속에 사랑의 불꽃이 이글거리고 있다. 이것은 역설이며 신비다. 고요함 속에 담긴 뜨거운 사랑의 불꽃이다. 고요하면서도 뜨겁게 타오르는 사랑의 불꽃이다.

시인은 사랑의 불꽃을 품고 하나님의 꿈을 꾸며 산다. 「하나님의 꿈」이라는 시에 시인의 꿈이 함께 담겨 있다.

나는
오늘도
꿈을 꾸네

물이
바다를
덮음같이

하나님을
아는 지식이
세상에 충만함을,

하나님의
영광을 인정하는 것이
세상에 가득함을,

온 세상,
온 민족이
하나님께 예배함을

나는
오늘도
꿈을 꾸네

「하나님의 비전」이라는 시 속에 시인의 비전이 담겨 있다.

나의 가슴을
뛰게 하는 것

나의 전 존재를
흥분케 하는 것

바로
하나님의 꿈이네

나의 삶의
목적과 목표는

하나님의 마음
하나님의 사랑,

반드시 성취되는
하나님의 비전이네

시집 『사랑의 불꽃』 속에 담긴 시들은 선교지에서 쓴 시와 선교 여행 중에 쓴 시들이 담겨 있다. 시인의 심장을 뛰게 하는 시와 이야기는 한결같이 선교와 연결된다. 그만큼 시인의 가슴속에는 선교를 향한 열정이 불타오르고 있다.

오영례 시인은 밥을 짓는 것처럼 시를 짓는다. 어머니는 날마다 밥을 짓는다. 어머니는 일상을 생명처럼 여긴다. 어머니는 날마다 밥을 지어 살림한다. 살림한다는 것은 가족을 살린다는 뜻이다. 살림한다는 것은 가족을 키운다는 것이다. 무엇으로 살리고, 무엇으로 키우는가? 밥을 통해 살리고, 밥을 통해 키운다.

밥을 짓는 어머니는 성실하다. 날마다 밥을 짓는다. 시인은 밥으로 가족을 먹이고 살리며 키우는 어머니처럼 시를 짓는다. 밥은 생명이다. 밥을 통해 생명은 생기를 얻고 치유되며 회복된다. 밥을 통해 한 가족이 된다. 예수님은 생명의 떡으로 오셨다(요한복음 6:35). 예수님이 한국에서 태어나셨다면 "나는 생명의 밥이다"라고 말씀하셨을 것이다. 한국인에게 있어 밥은 곧 생명이기 때문이다.

오영례 시인의 시는 생명의 밥이다. 영혼의 양식이다. 어머니가 만든 밥이 가족을 살리는 것은 밥을 지을 때 사랑으로 짓기 때문이다. 사랑이 담긴 밥이 가족을 살리는 것처럼 시인의 시 속에는 사랑이 담겨 있다. 지극한 정성이 담겨 있다. 어머니가 밥하는 것을 멈추고 소홀히 할 수 없는 것처럼 시인은 시를 짓는 것을 멈추지 않는다. 그래서 여덟 번째 시집이 탄생하게 된 것이다.

오영례 시인의 시는 마음을 어루만지는 따뜻한 손길이다. 딱딱한 마음을 부드럽게 하고, 차가운 마음을 따뜻하게 한다. 또한 오영례 시인의 시는 상처를 어루만져 치유해 준다. 영혼 깊은 곳에 감춰진 아픔을 치유해 준다. 그늘진 부분에 빛을 비추어 준다.

이 시집은 영혼의 양식이기에 천천히 읽어야 한다. 음미하면서 읽어야 한다. 이 시집의 아름다움은 아름다우신 하나님을 만나도록 도와주는 데 있다. 사랑의 불꽃으로 오신 예수님을 만나도록 도와주는 데 있다.

이 시집을 읽는 분들 속에 사랑의 불꽃이 타오르길 기도드린다. 심장이 뛰는 열정이 회복되길 기도드린다. 전 존재가 흥분되는 경험을 하는 은혜가 함께 하길 기도드린다. 하나님의 꿈과 하나님의 비전을 품고 선교에 헌신하는 은혜가 함께 하길 기도드린다.

강준민

L.A. 새생명비전교회 담임목사

✸ ✸ ✸

'시란 무엇인가'를 정의하는 것은 쉽지 않은 일입니다. 따라서 거기에는 다양한 말 잔치가 난무합니다. 사람마다 서로 다른 사고의 안경을 끼고 있기 때문입니다. 또한 각자의 인생에 대한 경험치가 다르기 때문이기도 합니다. 예를 들면, 시는 '즉각적인 깨달음'이다, 시는 '자존의 절벽'이다, 시는 '내 삶의 단독정부'이다, 시는 '내 뼈 안에서 울리는 내재율'이다, 시는 '저녁연기 같은 것'이다 등.

그러나 오영례 시인의 시를 보면, 그런 복잡한 말이 필요하지 않다는 것을 알게 됩니다. 이분의 시는 '인생고백'을 넘어 자기 자기의 '신앙고백'이기 때문입니다. 암울한 현실을 직면하면서도 미래에 대한 소망을 노래합니다. 세상을 향한 꿈과 열정이 스며있습니다. 삶의 무게에도 불구하고 시의 흐름을 따라가다 보면 긍정의 물줄기가 잔잔히 흐르는 항구를 만나게 됩니다. 신앙이 아니면 볼 수 없는 세계를 보는 통찰력이 번뜩입니다.

내면세계의 성품이 형성되지 못한 사람은 시를 통해 은유와 함축, 낯섦과 모호성을 자랑합니다. 그러나 이 시집의 시들은 대부분 내면세계의 성숙을 노래합니다. 사람을 보면서도, 사물을 보면서도 사랑, 온유, 평안, 만족, 겸손, 섬김, 감사, 낮음의 자세 등이 마치 소중한 귀금속처럼 우아한 자태를 드러냅니다. 성품은 인생의 보물입니다. 시인의 말처럼 인생의 행복은 사람의 내면, 인격 속에 숨어있습니다. 말의 현란함보다 더 아름답고 영롱한 것은 그 말을 담은 시인의 성숙한 성품입니다.

또한 시인은 스스럼없이 하나님을 아는 지식을 자랑합니다. 세상에서 가장 고상한 지식은 하나님을 아는 지식입니다. 그것은 단

순한 지식이 아니라 영광스러운 지식입니다. 사람들의 환호가 외면할지는 몰라도 땅에 발 딛고 사는 사람이 하늘에 속한 시를 쓸 수 있다는 것은 신의 영감을 받은 순수한 영혼의 특권입니다.

이 시집을 통하여 세상에서 가장 영광스러운 지식을 만날 수 있기를, 그리고 인생의 후반전을 맞이하면서도 시인 속에 여전히 생을 불사르며 사그라지지 않는 강렬한 불꽃이 무엇인지 만나볼 수 있기를 축복합니다.

정인우
세계로선교회 소속 인도 선교사
전인도 한인선교사협회 회장

오영례 시인 자체가 비전의 사람입니다. "비전은 명사가 아니라 동사다"라는 시인의 말처럼 오영례 시인은 시인, 엄마와 아내, 사모, 간호사로서 [저에게는 새생명아카데미와 비전스쿨의 선생님입니다] 각각의 역할뿐만 아니라 한 영혼에 대한 사랑과 그들에 대한 하나님의 마음을 품고 열정적으로 나아가는, 생동하는 비전의 사람임을 다음의 고백을 통해 알 수 있습니다.

하나님의 비전을 보았다. 세계를 가슴에 품게 되었다.
하나님께서 저의 가슴에 심어 주시고 키워 가시는 비전에 관해 썼다.

이 시집에는 하나님의 꿈과 비전을 향해 달려온 시인의 모습과 체험담, 하나님과의 사랑의 대화, 일상의 매 순간을 내적인 경배와 찬양과 감사의 속삭임으로 하나님께 올려드리는 삶의 예배 모습을 시(詩) 한편 한편에 담고 있습니다. 평생 하나님의 Visionary로 살아가는 시인의 정중동(靜中動)의 열정이 보입니다. 또한 하나님의 사랑이 하나님의 비전을 끌고 가시는 것을 확인할 수 있었던 책입니다.

일터에서 하나님 나라를 위해 살기를 소망하는 일터 사역자의 비전을 가진 저에게 이 책은 하나님 사랑의 불꽃을 다시 일으키게 하는 책입니다. 하나님의 비전을 품고 회사와 가정과 세상에서 최선을 다하고자 하는 결심을 더욱 굳세게 만드는 책입니다. 특히 약속의 말씀을 붙들고 기도하는 것, 하나님께서 창조하신 자연을 통해 하나님과 나누는 사랑의 대화, 삶의 방향이나 목표를 잊지 않으려고 노력하시는 오영례 시인의 그런 모습은 저에게도 도전이 됩니다.

안주하지 않고 항상 생동감을 가지고 주신 비전을 향해 달려가고 싶은 사람, 열심히 달려오다가 잠시 주저앉아 있지만 다시 하나님의 사랑의 빛을 향해 움직이고자 하는 사람, 많은 열매를 맺어 하나님께 영광 돌리고 싶은 사람 모두에게 이 시집을 적극 추천합니다. 마지막으로, 부족한 저에게 추천의 글을 부탁하신 오영례 시인과 하나님께 감사드립니다.

송보영
대한항공 전무이사

저는 소극적이고 변화를 싫어하는 전형적인 혈액형
A형인 사람입니다.

어렸을 때 제가 꿈꾸었던 여인상은
뚝배기에 된장찌개를 끓이며
남편을 기다리는 소박한 삶이었습니다.

학창 시절에는 학교와 집만 왔다 갔다 해서
밖에 혼자 나가 본 적이 없었습니다.

저는 대학 2년 때에 네비게이토 선교 단체를 만나
구체적인 신앙훈련을 받게 되었습니다.
그 후 하나님의 비전을 보게 되면서
세계를 가슴에 품게 되었습니다.

저는 예수님을 믿게 되고 알게 되면서
많은 변화를 경험하게 되었습니다.

다소곳하고 수줍음이 많고 조용한 성격에서
확신 있고 분명하고 담대한 성격으로,
카리스마도 나타나고 리더십도 발휘하게 되었습니다.

다른 사람에게 관심이 없고
자기 일만 성실하게 하던 성격에서
다른 사람에게 관심을 두게 되었고
복음 전한 영혼을 사랑할 줄 알게 되었습니다.

그리고 거처를 떠나기 싫어하는 마음을 내려놓고
복음의 확장을 위해
세계를 가슴에 품고 기도하게 되었습니다.

저는 어디에 있든지 현재 있는 곳에서 전도하며
사람들을 주님의 제자로 세우려고 힘써 왔습니다.

가능한 단기 선교를 나감으로
선교에 대한 불이 꺼지지 않도록
저 자신을 지켰습니다.

저는 현재 시인으로, 사모로, 엄마로, 간호사로
바쁘게 살아가고 있지만
일 년에 한 번은 단기 선교를 떠났습니다.

바쁘지만 매번 단기 선교를 떠난 것은
첫째는 제 성격상 현재에 안주하기 좋아하게 될까 봐
자신을 염려한 것이고,
둘째는 하나님께서 이 땅에 만드신 작품들을 보고
감격하고 감탄하고 싶은 것이며,
셋째는 흩어져 있는 여러 민족의 문화를
경험함으로 그들을 알고
마음으로 여러 민족을 위해
기도하기 위함이었습니다.

COVID-19 기간
저는 어머니를 천국으로 떠나보냈습니다.
그리고 최근에 또 한 가지
아주 가슴 아픈 소식을 접했습니다.

저는 네비게이토에서 팀리더로 섬기면서
새벽마다 12명의 자매와 세계를 위해
함께 기도했습니다.
그때 함께했던 자매 중 5명이 결혼하여
아프리카에 선교사로 파송되어 나갔습니다.
그중 부르키나파소에 나가 선교하던 자매가
폐암으로 순교한 것입니다.

결혼 전에 저와 함께 있을 때 그 자매는 입버릇처럼,
"선교 아니면 순교"라고 자주 말했었습니다.

자매는 아프리카에서
처음에 오진으로 인해 결핵치료를 받다가
나중에 폐암으로 치료받게 되었습니다.
자매는 COVID-19로 인해 한국으로 돌아갈 수 없었습니다.

제가 그 자리에 함께하지 못한 것이 가슴 아프고
저를 아주 힘들게 했습니다.

아프고 힘들 때
제가 곁에서 위로 한번 해 주지 못한 것이
못내 안타까웠습니다.

이 시집을 내면서
아프리카에서 지상 사명의 성취를 위해 수고하다가
천국에 간 차 선교사님을 추모하며
아프리카를 가슴에 품어 봅니다.

이 여덟 번째 시집은
선교지 방문 중에 썼던 시들을 중심으로
하나님께서 저의 가슴에 심어 주시고
키워 가시는 비전에 관해 썼습니다.

먼저는 저의 영혼의 내면에 있는 불꽃을 인식하며
그 불꽃을 돌보고 살리기 위해,
저를 위해 이 시집을 썼습니다.

그리고 COVID-19로 인해
많은 아픔과 어려움을 겪고 계시는 분들과
활동이 자유롭지 못한 시간을 보내고 계시는 분들에게
영혼의 위로와 자유를 전하고자 이 시집을 냈습니다.

발은 묶여 있어도
우리의 영혼은 온 세계를 다닐 수 있고,
우리가 꿈꾸며 사모할 때
우리의 몸도 자유롭게 세계를 다니게 될 것을 기대합니다.

이 시집을 통해
저와 이 시집을 읽는 모든 분이
일상의 삶과 장소에서 하나님의 비전,
하나님의 사랑을 더 넓게, 더 멀리,
그리고 더 깊게 보기를 갈망합니다.
우리 내면의 불꽃이 주님의 사랑과 꿈으로
뜨겁게 타오르기를 기도합니다.

시집을 내도록 항상 격려해 주시는
새생명비전교회 강준민 담임목사님과 성도님들에게
사랑과 감사의 마음을 전합니다.
곁에서 사랑과 섬김으로 시를 쓸 수 있도록
배려해 준 남편에게 감사하고,
무릎을 꿇을 때마다 마음에 감동과 영감으로
저의 삶을 시가 되게 하시는 하나님께
감사와 영광을 올려 드립니다.

LA에서 오영례 드림

━━━ 1부 하나님의 꿈, 하나님의 비전 · 028

나는 충분하네 | 행복의 조건 I | 행복의 조건 II | 행복의 조건 III | 행복의 조건 IV | 눈물 | 영혼의 상태 | 안식 기도 | 온유 | 복 있는 사람_시편 1:1~2 | 경건의 습관 | 나무와 뿌리 I | 나무와 뿌리 II | 부모와 자녀 I | 부모와 자녀 II | 울음 | 향기로운 삶 | 영원한 삶 | 평안한 삶_시편 25:12~13 | 하나님의 자녀_요한복음 1:13 | 종말_마태복음 24:2 | 죽음 | 끝까지 I_요한복음 13:1 | 끝까지 II | 끝까지 III_빌립보서 2:8 | 예수님의 침묵_마태복음 27:12 | 내려올 수 없는 십자가_마태복음 27:42 | 인생 후반기 | 나의 꿈 | 소망 | 바라봄_히브리서 12:2 | 해바라기 | 하나님의 꿈 | 부화 | 하나님의 비전_마태복음 28:19~20

━━━ 2부 The World · 076

1) 중국 · 083

윤동주 | 일송정 | 소천지 | 천지 I | 천지 II | 천지 III | 두만강 | 정 | 하늘과 바다

3부 사랑의 불꽃 · 178

1부

하나님의 꿈,
하나님의 비전

하나님의 꿈, 하나님의 비전

비전이나 꿈은 목표 달성을 위한 영속적인 지침이 되는 것입니다. 목표는 달성하고 나면 끝납니다. 그러나 비전은 미래의 행동을 위한 뚜렷한 방향을 제시하고 새로운 목표를 설정하도록 도와줍니다. 제가 예수님을 믿은 후 갖게 된 비전은 예수님의 지상 사명을 이루기 위한 '세계 비전'과 '배가 비전', 그리고 '한 사람(one man) 비전'입니다.

저는 세계의 복음화를 위해 현재의 위치에서 지금 만나는 '한 사람'에게 복음을 전하여 양육함으로 그리스도의 일꾼이 되게 하는 삶을 살아왔습니다. 그래서 그 사람도 나와 같은 삶과 사역을 할 수 있도록 하여 '배가'를 이루고, 함께 세계 복음화에 동역해 온 것입니다.

> 비전은 에너지를 집중시켜준다.
> 비전은 방향을 제시해준다.
> 비전은 잠재된 힘을 발휘하게 해준다.
> 비전은 전력을 다해 앞으로 나아갈 수 있게 해준다.[*]

---

[*] 켄 블랜차드, 제시 스토너, 『비전으로 가슴을 뛰게 하라』(조천제 옮김), 21세기북스, 6쪽.

저는 어린 시절부터 분명하거나 특별한 나만의 꿈이 없었습니다. 약하게나마 꿈이 있었다면 여류작가가 되고 싶다는 것이었습니다. 그것도 초등학교 때 글짓기로 상을 받은 경험이 있었기 때문에 갖게 된 꿈이었습니다. 대학교를 선택할 때도 무슨 전공을 선택해야 할지 몰랐습니다.

한 기자가 시각 장애인인 헬렌 켈러에게 시각장애인으로 태어나는 것보다 더 불행한 것이 무엇이냐고 물었을 때 그녀는 "시력은 있으되 비전이 없는 것이다"라고 대답했습니다. 제가 예수님을 만나기 전에는 시각장애인보다 더 불쌍한 사람이었습니다.

저는 담임선생님의 조언에 따라 간호학과에 갔고, 그로 인해 현재 미국에 와서도 간호사를 하면서 남편과 아이들의 학업은 물론이고 생활에 도움이 되고 있습니다. 하지만 저는 졸업 후 간호사라는 직업이 저의 성격과는 잘 맞지 않음을 알게 되었습니다. 꼼꼼하고 성실한 편이지만, 사교성이 부족하기 때문입니다. 간호사는 사교성이 있어야 합니다. 그래야 간호사들과의 관계는 물론 의사 선생님들과 환자들과의 관계에서 일 처리가 완만하고 빠르기 때문입니다.

다행히 일을 시작하고 얼마 되지 않아 저는 하나님의 비전에 대해 깨닫게 되었고, 그 비전 때문에 오늘날까지 병원 일을 계속할 수 있었습니다. 당시 저는 네비게이토선교회에서 성경공부를 하고 있었는데, 네비게이토선교회의 변희관 목사님과 사모님을 통해 주님의 지상 사명을 깨닫게 되었습니다. 그리고 마태복음 28장 19~20절**의 말씀을 저의 개인적인 말씀으로 받게 되면서 남은 생애 동안 제자 삼는 사역을 통해 주님의 지상 사명에 헌신하겠노라 결심했습니다. 저는 삶의 목표가 영원한 것에 있었기에 직장에 목메지 않고 영혼에 관심을 가지고 병원 일을 성실하게 할 수 있었습니다.

저는 네비게이토에서 팀리더로 섬기면서 새벽 4시에 12명의 자매와 함께 일어나 세계를 위해 기도했습니다. 그때 함께했던 자매 중 5명이 결혼하여 현재 아프리카에 선교사로 가 있습니다. 저도 결혼 후 두 달 만에 중국 연변으로 나가게 되었고, 1994년 중국의 열악한 환경에서 임신과 출산, 잦은 이사와 중국 공산당원

** [마태복음 28:19~20] 그러므로 너희는 가서 모든 민족을 제자로 삼아 아버지와 아들과 성령의 이름으로 세례를 베풀고 내가 너희에게 분부한 모든 것을 가르쳐 지키게 하라 볼지어다 내가 세상 끝날까지 너희와 항상 함께 있으리라 하시니라

의 감시와 위협을 견디어 내는 경험을 했습니다. 그 후 저희 부부는 선교사의 신분이 노출되어 5년간의 중국 선교를 마치고 여러 과정을 거쳐 하나님의 인도하심을 따라 미국으로 오게 되었습니다. 저는 영원하신 하나님을 알아가며 함께 교제하는 일, 성경말씀을 공부하고 듣고 읽고 암송하며 영원한 사람들의 영혼에 나의 시간을 투자하고 있으므로 인해 환경을 초월하여 행복했습니다.

저는 세상에 살고 있으나 세상과는 무관한 삶을 살았습니다. 당시 저는 연예인에 대해, 명품에 대해 아는 것이 없었습니다. 제 자신도 가난했지만, 그럼에도 월급의 2/10는 헌금으로, 그 외에는 자매들과의 교제비로 대부분을 사용하였습니다. 지금도 저는 명품에 대해서는 모르고 관심도 없습니다. 제가 입는 옷들은 대부분 50불 이하이고, 좀 괜찮은 것은 100불 이하입니다. 저의 꿈이나 소원이 좋은 집, 좋은 차, 좋은 옷이 아니기 때문입니다.
최근에 아들이 저의 차를 바꿔주고 싶어 했습니다. 저는 중고차를 사서 쓰고 있는데, 20만 마일이 다 되어 가기에 아들은 좀 걱정되었나 봅니다. 이 또한 저는 미루었습니다. 현재의 차가 저에게는 너무나 편하기 때문입니다. 누가 좀 긁고 가도 괜찮고, 제가 실수로 긁어도 괜찮으므로 현재의 차가 좋습니다. 새 차는 제가 신경을 많이 쓰고 조심해야 할 것 같아 부담스럽습니다.

감사하게도 뉴욕에서 패션을 전공한 딸도 저렴한 옷들로 자신의 멋을 낼 줄 압니다. 종종 1000불 이상의 비싼 옷을 입는 친구들이 딸이 입은 옷이 예쁘다고 어디서 옷을 샀는지 물어볼 때가 있다고 합니다. 그러면 딸은 몇 십 불 주고 산 옷임을 말해 준다고 했습니다. 저는 딸의 당당함이 예쁘고 자랑스러웠습니다.

제가 최고에 두는 가치는 사랑이고, 성장과 성숙이며, 영원한 것에 삶을 투자하는 것입니다. 저는 남편과 자녀들의 교육비로는 아끼지 않은 편입니다. 본인들의 재능을 살려주고, 본인들의 소원대로 해주려고 최선을 다합니다. 덕분에 저희가 갚아야 할 학자금 대출(student loan)이 많은 편입니다.

미국에서 간호사로 일하면서 영어가 익숙하지 않아 많은 어려움도 겪고 무시당함을 겪기도 하였습니다. 저는 미국에서 섬김을 익혀 갔고, 친절과 겸손을, 그리고 인내를 배웠습니다. 자녀들의 사춘기와 저의 갱년기 기간이 같아 서로가 매우 힘든 과정을 거치며 우리 가족은 함께 성장하고 성숙해 왔습니다. 이제는 자녀들이 미국 사회에 나가 자신의 몫을 다하는 삶을 살아가고 있습니다.

올해로 60세를 맞이하는 저는 다시 하나님의 꿈을 생각해 보고, 저의 꿈을 생각해 봅니다. 지금 제가 가장 원하는 것은 자녀들 간에 사랑하고, 가족이 함께 모여 즐거워하며, 자손들이 육체적으로, 정신적으로, 사회적으로 건강하고 영적으로 성령 충만한 삶을 살며, 영적인 후대를 이어가며 하나님을 경외하고 겸손히 행함으로 재물과 영광과 생명을 누리는 삶을 사는 것입니다(잠언 22:4).

하나님의 꿈도 마찬가지라는 생각을 합니다. 하나님께서는 우리와 교제하기를 창조할 때부터 원하셨습니다. 그래서 우리 인간을 특별히 하나님의 형상으로 창조하셨습니다. 우리의 죄악으로 우리가 하나님과 분리되자, 하나님께서는 우리와의 교제를 회복하시기 위해 가장 아끼고 사랑하는 아들 예수님을 이 땅에 보내시고 십자가에서 우리를 대신해서 죗값을 치르게 하셨습니다(로마서 6:23).

하나님의 꿈은 우리가 모두 하나님 아버지 앞에 나아가 하나님의 자녀로서 함께 교제하며 사랑하는 것입니다. 하나님 아버지와 교제하고 그 영광을 경험하며 예배하는 것입니다. 하나님께서는 하나님의 꿈에 우리를 초청하십니다. 그 꿈을 함께 이룸으로 하나님 아버지의 마음을 이해하고, 하나님 아버지의 사랑을 경험하며, 그 영광과 기쁨을 누리기를 원하십니다.

저는 지금 환경적으로는 평안하고 별문제가 없는 시간을 보내고 있습니다. 나태해지거나 부패해질 수 있는 이 시기에 하나님께서 저에게 다시 찾아와 주셔서 희미해진 저의 비전을 선명해지도록 빛을 비춰 주셨습니다. 지금은 간호사로 미국에 있지만, 저는 여전히 제 자신이 선교사임을 잊지 않고 있습니다. 저는 1987년에 저에게 주신 말씀인 마태복음 28장 19~20절 옆에 다음과 같이 적었던 것을 기억합니다. "주님, 제가 주님의 지상 사명 성취를 위해 영혼을 구원하고 양육하여 제자 삼는 이 일에 저의 생애를 드립니다."

최근에 강준민 목사님의 「목회서신」에서 읽은 C.S. 루이스의 글입니다. "달걀이 새로 변화하는 것은 어려울지도 모른다. 달걀이 달걀인 채로 나는 법을 배우는 것은 조금 더 어려울지도 모른다. 우리는 지금 달걀과 같다. 그리고 당신은 그냥 계속 평범하고 상하지 않는 달걀로 있을 수는 없다. 우리는 부화하거나 상할 수밖에 없다." 생명이 있는 달걀은 적절한 온도와 환경에서 부화하여 병아리가 되고 닭이 되는 것은 당연합니다. 그러나 생명이 없는 달걀은 썩겠지요. 이 비유를 통해 영원한 생명을 소유한 하나님의 자녀인 저도 풍족하고 편안한 환경에서 부화하여 새로운 차원으로의 변화를 시도할 때임을 깨닫습니다.

.

> 하나님이 우리에게 비전을 주신다.
> 그다음엔 그 비전이 죽는다.
> 그리고 마침내 하나님이 새롭고도 놀라운 형태로
> 그 비전을 부활시키신다.[***]

저는 하나님의 꿈, 하나님의 비전을 품고 물이 바다를 덮음 같이 하나님을 아는 지식이 세상에 충만하도록(이사야 11:9), 여호와의 영광을 인정하는 것이 세상에 가득하도록(하박국 2:14) 하나님께서 보내시는 곳이면 어디에 있든지 복음을 전하고 양육하는 일에 더욱 힘써야 함을 다시 결심하게 됩니다.

[***] 오스 힐먼, 『하나님의 타이밍』(김태곤 옮김), 생명의말씀사, 57쪽.

하나님께서 생각하시고 계획하신 것은 반드시 되며, 반드시 이루실 것이기에(이사야 14:24) 하나님의 꿈과 비전에 나의 생애를 투자하는 삶이야말로 가장 후회 없는 삶이며, 가장 확실하고 성공적인 삶임을 저는 확신합니다.

> 만군의 여호와께서 맹세하여 이르시되 내가 생각한 것이 반드시 되며 내가 경영한 것을 반드시 이루리라_이사야 14:24 [개역개정]

> The LORD Almighty has sworn, "Surely, as I have planned, so it will be, and as I have purposed, so it will stand._Isaiah 14:24 [NIV]

"우리의 개인적이고 비밀한 고통이 존재하는 도가니 속에서 우리의 고귀한 꿈이 탄생하고, 하나님의 위대한 선물이 주어진다"라고 말한 윈틀리 필립의 말이 저의 마음에 다가오고 제 삶에 다가옵니다.

그들이 평온함으로 말미암아 기뻐하는 중에 여호와께서 그들이 바라는 항구로 인도하시는도다_시편 107:30 [개역개정]

They were glad when it grew calm, and he guided them to their desired haven._Psalms 107:30 [NIV]

나는 충분하네

자주
자신에 대해서
욕심을 부리는 나.

지나치게
높은 기대를 갖고
스스로를 다그치는 나.

항상
기뻐해야 하고
본이 되어야 한다고,

사람들을 사랑하고
섬겨야 한다고
스스로에게 짐을 지우나

하나님은
내가 멈추어
서 있지 않고

하나님께
다가가는 것으로
충분하다 하시네.

행복의 조건 I

현재를
만족하고
행복한 사람들은

절대적으로
옳은 것,
완벽한 것,

절대적으로
좋은 것이
존재하지 않음을 알고

현재 주어진 것을
최고의 것으로 여기며
만들어 가는 사람이네.

행복의 조건 II

행복하려면
삶이
태양과 비, 폭풍우를
거쳐야 함을 알아야 하네.

자신이 항상
삶의 양지에
서 있어야 한다는
생각을 버리고

운명과
삶에 대한
지나친 기대를
내려놔야 하네.

세상 모든 일이
자신이 바라는 대로
이루어지기를
바라기보다

이루어진
그대로에
만족하는 법을
익혀야 하네.

행복의 조건 III

언제
어디서나
중심에 서려 하고

모든 것을
나 자신과
연관시키며

자기 자신을
너무 크게
부풀리려는 자아.

항상 인정받고
확인받으려고 하는
자아의 습성을 멈추고

그런 자아와
거리를 둘 때
우리는 비로소

자유롭고
자아를 뛰어넘어
참된 자신이 되네.

행복의 조건 IV

삶에 대한
만족은
내가 무엇을
경험했는지가 아니라

그 경험을
어떻게 바라보고
해석하는지에
달려 있네.

지나간 시간들
거쳐 온 삶을
어떻게
바라볼지

비참하게
또는 감사하게
바라볼지는
내가 결정하네.

눈물

주님 앞에
무릎을 꿇고
눈을 감으면

나도 모르게
눈물이
흘러내리네.

내 속에
이렇게
많은 눈물이 있는 줄,

내 속에
이렇게
많은 슬픔이 있는 줄,

내 속에
이렇게
많은 고통이 있는 줄,

내 속에 이렇게
많은 섭섭함과
서러움이 있는 줄,

나도 모르고
사람들도 몰랐지만
주님은 알고 계셨네.

주님 앞에
무릎을 꿇고
눈을 감으면

주님의 사랑이
내 마음을
말갛게 씻어 주시네.

영혼의 상태

심장과 폐가
눈에 보이지 않지만
우리가 느낄 수 있고
알 수 있는 것처럼

우리 속에 계신
예수님,
곧 성령님은
눈에 보이지 않지만

우리는
느낄 수 있고
우리 영혼은
알 수 있으며

우리 영혼의 상태는
우리 삶 속에
우리 행동 속에
우리 말속에 드러나네.

안식 기도

내 마음의
집착과 염려,
통제하고자 하는
낡은 관심,
내 마음의
아픔과 상처까지,

내 손을 펴서
하나님께
맡겨드리는 것은
변화와
성숙을 위한
필수 훈련임이요,

내 마음을
하나님께 드림이고,
아름다움을 위한
삶의 예술이며,
고상한 삶을 위한
믿음으로의 실천이네.

온유

일상 속에서의
낮아짐,
꾸밈없는
투명한 삶은
우리를
고요하게 하네.

스스로
낮아지고
하나님께
항복함으로
놀라운 고요함이
마음에 임함은

하나님의 권능이
낮은 곳에 임하고
하나님의 성품이
순종 속에 채워져
예수님처럼 거룩하고
온유하여짐이네.

복 있는 사람 _시편 1:1~2[*]

세상의 꾀를
따라가는 사람은
그 목적지가
오만한 자리이고

그 오만함 때문에
결국 행복에서
격리되고
추락하나

하나님의
말씀대로 살고자
말씀을 마음에 담고
생각에 담은 사람은

말씀대로
행하게 되므로
삶이 말씀이 되고
행복이 되네.

경건의 습관

하나님을 향한
나의 사랑과 존경심이
하나님과 만나는
매일의 습관이 되고,

어느새
나의 삶이 되고
인생의 전부가
되었을 때

나의 존재가
하나님의 아름다움과
그 고귀한 성품에
물들고 있었네.

하나님께 물들어감이
나의 생애를
값지게 했고
나에게 행복이 되었네.

나무와 뿌리 I

뿌리는
자신을 드러내거나

찬란한 햇빛 한 번
받아 보지 못해도

잠잠히
수액을 빨아들여

나무와 줄기,
잎새와 열매에게 주네.

가지마다
잎새들이 무성해지고

아름다운 꽃이 피고
열매가 여물어 가면

뿌리는
더해지는 무게로

더 깊이
더 넓게 뻗어나가네.

나에게도
더해지는 부담과

가해지는
삶의 무게가

나를
더 깊어지도록,

더 넓어지고
뻗어가도록 하리.

나무와 뿌리 II

열매가
떨어지고

나뭇잎들이
모두 떨어져서

앙상한 가지만이
겨울을 견딜 때,

떨어진
열매와 잎새들은

뿌리의
양분이 되고

뿌리의 일부가 되어
희생과 섬김을 배우네.

또다시
봄이 오고

가지마다
꽃이 피고

좋은 열매가
맺힐 때,

사람들은
나무를 보며

뿌리가 깊고
튼튼한 나무라

보이지 않는
뿌리를 칭찬하네.

부모와 자녀 I

쑥쑥
잘 크는 나무

뿌리가
튼튼하고

깊게
뿌리내림이고,

뿌리가 썩으면
나무도 쓰러짐 같이

사람에게는
부모가 뿌리고

생명의 주인이신
하나님이 뿌리네.

부모와 자녀 II

물을 많이 주면
나무의 뿌리가
썩음 같이

부모가
풍부함 때문에
부패해지면

자녀도
안일해지고
무너지기가 쉽네.

부모가 항상
깨어서
기도해야 함이,

부모가 절제하고
근신해야 함이
자녀의 뿌리인 까닭이네.

울음

우리는
이 세상에 올 때
제일 먼저
울음을 터뜨린다

이 세상의 삶이
얼마나
고통스러운 과정인지를
알기 때문일까?

우리가
이 세상을 떠나야 할 때
평안한 사람과
두려워하는 사람이 있다

돌아갈
사랑의 품이 있는 사람은
웃으며 평안하게 떠나고
보내는 사람들은 운다

향기로운 삶

주님의 십자가를
의지하므로

내가 십자가에
죽을 수 있을 때

내 속에서는
주님이 활동하시고

주님의 향기가
나를 적시고

주위 사람들에게도
널리 퍼지네

영원한 삶

오늘 내가
올바른 선택을 한다면

하루하루
몇 년이 지나면

나는 놀랍게
달라지고

아름다운 삶을
누릴 것이네.

그런데
그 선택들이

영혼까지
이어진다면

나는 얼마나
더 눈부실 것인가?

평안한 삶 _시편 25:12~13*

이미
정련된 금은
용광로에 다시
넣을 필요가 없음같이

고난은 인생의
필요조건이 아니며
평안한 삶은
지속될 수 있겠네

만약 내가
탐심과 탐욕,
이기심에서
벗어나 있다면,

만약 내가
하나님을 경외함으로
매일매일
살아가고 있다면,

---

* [시편 25:12~13] 여호와를 경외하는 자 누구냐 그가 택할 길을 그에게 가르치시리로다 그
의 영혼은 평안히 살고 그의 자손은 땅을 상속하리로다

하나님의 자녀 _요한복음 1:13 *

하나님의
창조물이었던 인간이
하나님께로부터
난 자가 된 것은

우리가 만든
조각상이
사람이 된 것보다
더 놀라운 기적,

그보다 더 큰 은혜는
우리가
아버지 되신 하나님을
닮아가게 된다는 것

---

* [요한복음 1:13] 이는 혈통으로나 육정으로나 사람의 뜻으로 나지 아니하고 오직 하나님
  께로부터 난 자들이니라

종말 _마태복음 24:2 [*]

예수님의 말씀대로
예루살렘 성전이
돌 하나도
돌 위에 남지 않고
다 무너진 것처럼

예수님의 말씀대로
이 세상도
나 개인도
반드시 무너질
그날이 오네

누구도
피할 수 없는
세상의 종말과
개인의 종말이 와도
내가 두렵지 않음은

그날은
사모하던 주님을
만나는 날이요,
끝은 새로운 시작을
의미하기 때문이네

---

[*] [마태복음 24:2] 대답하여 이르시되 너희가 이 모든 것을 보지 못하느냐 내가 진실로 너희에게 이르노니 돌 하나도 돌 위에 남지 않고 다 무너뜨려지리라

죽음

죽음에 대한
염려
죽음에 대한
두려움
죽음에 대한
불안감

우리는 항상
죽음을 무서워하지만
우리가
우리의 육체를 떠난 후에야
죽음은
우리에게 이를 수 있네

우리가
육체에 있을 때에도
육체를 떠난 후에도
우리가
결코 만날 수 없는 것이
죽음이네

끝까지 I _요한복음 13:1 *

예수님은
자신이 떠날 때를
아시고
끝까지
자신의 사람들을
사랑하셨네

예수님을
배신하고 판 자,
예수님을
부인하고
도망간
제자들을

예수님은
무릎을 꿇고
발을 씻어 주심으로
끝까지
용서하시고
사랑하셨네

---

* [요한복음 13:1] 유월절 전에 예수께서 자기가 세상을 떠나 아버지께로 돌아가실 때가 이른 줄 아시고 세상에 있는 자기 사람들을 사랑하시되 끝까지 사랑하시니라

끝까지 II

예수님은
끝까지
참으셨네

십자가상에서
내려오지 않으시고
끝까지 견디심은

우리를
구원하시기
위함이었네

우리를
사랑하신 만큼
참으셨고

자신이
죽기까지
끝까지 참으셨네

끝까지 III_빌립보서 2:8 *

예수님의
하나님 아버지를 향한
사랑의 표현은
순종으로 나타났네

죽기까지
순종하심으로
우리에게도
부활의 소망을 주셨네

예수님은
아버지의 뜻과
그 사랑을
끝까지 신뢰했기에

소망을 품고
십자가 고통 넘어
부활의 기쁨을
바라보며

---

* [빌립보서 2:8] 사람의 모양으로 나타나사 자기를 낮추시고 죽기까지 복종하셨으니 곧 십자가에 죽으심이라

예수님의 침묵_마태복음 27:12[*]

때로는
불공평하게
느껴지거나
불합리하게
느껴져도

사람을 향해
따지거나
불평하기를
포기하고
침묵할 수 있고

예수님처럼
하나님의 주권을
인정하고
하나님의 뜻을
이루고자 할 때

내 자신을
부인하고
하나님의 말씀을
선택하고
순종할 수 있네

---

*   [마태복음 27:12] 대제사장들과 장로들에게 고발을 당하되 아무 대답도 아니하시는지라

내려올 수 없는 십자가 _마태복음 27:42*

십자가에서
내려와
하나님의 아들임을
증명해 보이라는
군중들의 소리

예수님은
십자가에서
내려오실 수
있었으나
내려오시지 않으셨네

모두를
구원하시기 위해
자신을
버리기로
결정하셨기에.

군중들의 욕과
조롱하는 소리보다
하나님의 말씀을
듣고 순종하기로
선택했기에.

---

* [마태복음 27:42] 그가 남은 구원하였으되 자기는 구원할 수 없도다 그가 이스라엘의 왕
이로다 지금 십자가에서 내려올지어다 그리하면 우리가 믿겠노라

인생 후반기

인생의 반은
먹고
먹이고

살기 위하여
돈을 벌고
키우며

경쟁과 갈등,
고통 속에
살아왔다면

나머지 인생은
나를 비우고
나눔으로

나와 다른 사람을
존중하고
사랑함으로

생명의 고귀함과
진정한 가치,
영원한 아름다움을 나누고 싶네

나의 꿈

3월의 봄,
모든 만물이
소생하고 싹트는
세인트 패트릭 데이*
나도 세상으로 왔네.

나의 출생과 함께
지금까지
나를
키우시고
돌보시는 하나님

나의 삶도
봄의 생기처럼
생명을 살리고
생명을 돌보는
하나님의 사랑이고 싶네.

---

* 세인트 패트릭 데이(St. Patrick's Day)는 아일랜드에 기독교를 전파한 세인트 패트릭을
기념하기 위해 매년 3월 17일에 열리는 축제다.

소망

나의 출생이
이 땅에서는
그리 환영받거나
축하받지 못했어도

나의 죽음은
하나님으로부터
하늘의 환영과
축복을 받을 것이네.

나의 출생과
이 땅에서의
죽음을 이어주는
현재의 삶이

이 땅을 떠나는 날
내가 영원히 거할
나의 처소를
결정하고,

하늘나라에서
어떤 삶을
살게 될 것인가를
결정짓기에

나는 오늘도
사랑을 행하고자
도우심을 구하며
주님을 사모하네.

바라봄 _히브리서 12:2 *

어떤 문제가 있어도
잠잠히 주님을 바라보면
우리의 믿음대로
일을 이루시는
하나님을 체험하고

주님을
바라보면 볼수록
주님의 마음을
알게 되고
주님의 꿈을 품게 되네

---

* [히브리서 12:2] 믿음의 주요 또 온전하게 하시는 이인 예수를 바라보자 그는 그 앞에 있
는 기쁨을 위하여 십자가를 참으사 부끄러움을 개의치 아니하시더니 하나님 보좌 우편
에 앉으셨느니라

해바라기

태양은
모두에게 비치나
내가 그대의 꽃으로
불리움은

내가 그대를 향하여
눈길을 두었음이요,
온 맘으로 사모함이요,
온 몸으로 그대를 갈망함이니,

그대 태양은
나의 웃음이요,
나의 언어요,
나의 몸짓이네.

오늘도 나는
그대를 바라보며
불타는 사랑을 향해
주저 없이 서 있네.

하나님의 꿈

나는
오늘도
꿈을 꾸네

물이
바다를
덮음 같이

하나님을
아는 지식이
세상에 충만함을,

하나님의
영광을 인정하는 것이
세상에 가득함을,

온 세상,
온 민족이
하나님께 예배함을

나는
오늘도
꿈을 꾸네.

부화

적절한 온도에서
생명이 있는 달걀은
부화하고

생명이 없는 달걀은
부패하고
썩는 것같이,

영원한
생명을
소유한 사람은

좋은 환경,
풍족함 속에서
부화를 꿈꾸고,

생명이 없는 사람은
부패하고
타락해 가네.

하나님의 비전_마태복음 28:19~20[*]

나의 가슴을
뛰게 하는 것

나의 삶의
목적과 목표는

나의 전 존재를
흥분케 하는 것

하나님의 마음
하나님의 사랑,

바로
하나님의 꿈이네.

반드시 성취되는
하나님의 비전이네.

---

*   [마태복음 28:19~20] 그러므로 너희는 가서 모든 민족을 제자로 삼아 아버지와 아들과
    성령의 이름으로 세례를 베풀고 내가 너희에게 분부한 모든 것을 가르쳐 지키게 하라 볼
    지어다 내가 세상 끝날까지 너희와 항상 함께 있으리라 하시니라

074

2부

———————

The World

The World

1987년에 저는 네비게이토의 덕 스팍 선교사님의 '세계 비전'에 관한 말씀을 듣고 선교에 헌신하게 되었습니다. 그리고 그때부터 저의 가슴속에는 'The World'라는 단어를 품게 되었습니다. 저는 부산을 떠나 본 적이 없는 사람이었는데, 세계를 품고 기도하기 시작했더니 결혼 후 바로 중국으로 가서 선교하게 되었습니다.

> 좋은 일을 생각하면 좋은 일이 생긴다.
> 나쁜 일을 생각하면 나쁜 일이 생긴다.
> 여러분은 여러분이 하루 종일 생각하고 있는 것,
> 바로 그것이다._조셉 머피

그 후 중국에서 5년, 미국에서 1년 남짓, 다시 한국에서 3년, 그리고 다시 미국으로 와서 지금까지 18년 이상을 있게 된 것입니다. 저는 미국에 거주하면서 시민권을 받은 후 가능하면 해마다 단기 선교를 나갔습니다. 세계를 가슴에 품으니 세계를 보고 싶고, 보게 되는 것 같습니다. 그동안 단기 선교를 다녀왔던 나라들과 그곳에서 썼던 시들을 모아 보았습니다. 제가 보고 경험한 것들과 각 나라의 문화에 대해 간략하게 나눕니다.

결혼 후 남편과 함께 계속 기도해온 약속의 말씀은 창세기 35장 11~12절과 이사야 58장 9~12절입니다. 창세기 35장 11~12절 말씀은 남편이 결혼할 때 가지고 기도하던 말씀이었고, 이사야 58장 9~12절 말씀은 제가 결혼할 때 가지고 기도하던 말씀입니다. 지금도 저는 이 약속들을 붙들고 기도합니다. 환갑을 지나는 저희 부부의 남은 생애 가운데 이 약속들을 통해 하나님께서 어떻게 일하실지 기대가 됩니다.

> 하나님이 그에게 이르시되 나는 전능한 하나님이라 생육하며 번성하라 한 백성과 백성들의 총회가 네게서 나오고 왕들이 네 허리에서 나오리라 내가 아브라함과 이삭에게 준 땅을 네게 주고 내가 네 후손에게도 그 땅을 주리라 하시고 창세기 35:11~12 [개역개정]

> And God said to him, "I am God Almighty ; be fruitful and increase in number. A nation and a community of nations will come from you, and kings will come from your body. The land I gave to Abraham and Isaac I also give to you, and I will give this land to your descendants after you."_Genesis 35:11~12 [NIV]

네가 부를 때에는 나 여호와가 응답하겠고 네가 부르짖을 때에는 내가 여기 있다 하리라 만일 네가 너희 중에서 멍에와 손가락질과 허망한 말을 제하여 버리고 주린 자에게 네 심정이 동하며 괴로워 하는 자의 심정을 만족하게 하면 네 빛이 흑암 중에서 떠올라 네 어둠이 낮과 같이 될 것이며 여호와가 너를 항상 인도하여 메마른 곳에서도 네 영혼을 만족하게 하며 네 뼈를 견고하게 하리니 너는 물 댄 동산 같겠고 물이 끊어지지 아니하는 샘 같을 것이라 네게서 날 자들이 오래 황폐된 곳들을 다시 세울 것이며 너는 역대의 파괴된 기초를 쌓으리니 너를 일컬어 무너진 데를 보수하는 자라 할 것이며 길을 수축하여 거할 곳이 되게 하는 자라 하리라_이사야 58:9~12 [개역개정]

Then you will call, and the LORD will answer; you will cry for help, and he will say: Here am I. "If you do away with the yoke of oppression, with the pointing finger and malicious talk, and if you spend yourselves in behalf of the hungry and satisfy the needs of the oppressed, then your light will rise in the darkness, and your night will become like the noonday. The LORD will guide you always; he will satisfy your needs in a sun-scorched land and will strengthen your frame. You will be like a well-watered garden, like a spring whose waters never fail. Your people will rebuild the ancient ruins and will raise up the age-old foundations; you will be called Repairer of Broken Walls, Restorer of Streets with Dwellings. Isaiah 58:9~12 [NIV]

지금까지의 하나님께서는 저에게 이사야 58장 9~12절 말씀대로 주린 자에게 마음을 동하며 괴로워하는 자의 마음을 만족케 하는 삶을 살도록 도우시고 훈련해 오셨습니다. 저는 이 말씀을 기억하며 가정에서 남편과 자녀에게 들어주는 귀가 되고 격려하는 입이 되려고 하나님께 도우심을 구했습니다. 병원에서도 환자들을 마음으로 만족케 하려고 했고, 괴로움을 해결해 주고자 힘써 왔습니다.

60년의 인생을 돌아보니 하나님께서는 메마른 환경에서도 저의 영혼을 만족하게 해주셨고, 가족 모두의 건강을 견고하게 지켜주시고 오히려 더 강건하게 하셨습니다. 저의 생을 물 댄 동산 같고 물이 끊어지지 아니하는 샘 같게 하신 하나님께서 저의 남은 생애 가운데 하나님의 약속과 하나님의 꿈을 이루실 것을 기대합니다.

어두움 속에 있던 우리를 불러 주시고, 우리를 하나님의 자녀로 빛 가운데 살게 하신 하나님께서 세계를 가슴에 품고 그들에게 하나님의 아름다운 복음을 전하라는 사명을 우리에게 주셨습니다.

> 그러나 너희는 택하신 족속이요 왕 같은 제사장들이요 거룩한 나라요 그의 소유가 된 백성이니 이는 너희를 어두운 데서 불러 내어 그의 기이한 빛에 들어가게 하신 이의 아름다운 덕을 선포하게 하려 하심이라_베드로전서 2:9 [개역개정]

> But you are a chosen people, a royal priesthood, a holy nation, a people belonging to God, that you may declare the praises of him who called you out of darkness into his wonderful light._1 Peter 2:9 [NIV]

1) 중국

2013년에 중국 연길에 있는 연변과학기술대학 총장님의 초청으로, 우리 교회는 강준민 담임목사님을 비롯하여 장로님들과 성도님들이 함께 중국을 방문했습니다. 이때 저희도 함께했는데, 저희는 1999년에 떠나 14년 만에 중국을 다시 방문하게 된 상황이었습니다. 저희가 1994년에 처음 방문했던 연길에 비해 2013년의 연길은 아주 많이 달라져 있었습니다. 저희가 중국에 있었을 때는 집에 학생들을 초대해서 음식을 제공하면 너무 감사해하고 맛있게 먹었습니다. 당시 학생들은 가난하고 필요한 게 많았기에, 우리의 섬김을 통해 관계 맺기가 쉬웠습니다. 하지만 2013년에 중국을 다시 방문했을 때 중국의 학생들은 한국 학생들과 거의 비슷해 보였습니다. 모두 핸드폰과 노트북은 기본으로 소지하고 있었습니다.

저는 중국 체류 중 틈틈이 14년 전에 헤어졌던 자매들을 만나볼 수 있었습니다. 중국에 리더로 세우고 떠났던 자매는 북경에서 휴가를 내어 연길로 돌아와 저와 함께 시간을 보냈습니다. 연길에 사는 자매는 저에게 고급 한국 식당에서 음식도 대접해 주었습니다. 그 자매의 남편은 돈을 벌기 위해 한국에 가 있다고 했습니다. 제가 섬겨주었던 자리에서 이제는 제가 섬김을 받는 위치가 되어 있었습니다. 어느덧 저와 함께 자매들도 나이가 들었다는 것을 느꼈습니다. 경제적으로 어려웠던 시기도 벗어나고, 다들 잘살고 있어 안심이 되고 보기가 참 좋았습니다.

중국 연길은 중화인민공화국 동북지역 지린성 연변조선족자치주의 주정부가 위치하고 있는 시입니다. 시내 곳곳의 상점들은 한글 간판이 즐비하고, 한국어로 방송하는 텔레비전과 라디오도 있었습니다. 조선 말기부터 한국인이 이주해서 개척한 간도라는 곳으로 잘 알려져 있기도 합니다. 지린성(길림성)은 6개의 시 연길, 도문, 둔화, 화룡, 용정, 훈춘과 2개의 현 왕청, 안도로 이루어져 있습니다.

연길과 안투에 속해있는 장백산(백두산)에서 천지를, 용정에서 가곡 선구자에 나오는 일송정과 시인 윤동주의 고향과 무덤을 돌아보았습니다. 도문에서 두만강을 보며 북한 주민들을 생각하기도 했습니다.

연변과학기술대학은 김진경 총장님을 중심으로 1992년 9월에
개교했습니다. 남편은 교수로, 저는 양호교사로 1994년 1월에
함께 동역하였던 학교입니다. 현재 교수진과 직원 모두는 선교
사들이었고, 그곳에서 정진호 선교사님 부부도 만나 함께 동역
을 했었습니다.

윤동주

용정을 향한
나의 발걸음이
급해지고
나의 마음이
설레임은

그곳에
옛 시인의
고백이 있고
그가 외치던
사상이 있고,

젊은 날의
열정이 있고,
고뇌가 있고
몸부림이 있고
외로움이 있기 때문이네.

세월을
초월하고
하늘과
땅의 공간을
초월하여

그의 고독과
그의 슬픔과
그의 갈등과
그의 고통이
내게도 있어

함께 느끼며
함께 나누고,
함께 바라보며
함께 거닐고 싶은
까닭이네.

일송정*

정상에 서 있는
한그루 소나무,
언제나
푸른 마음으로
자리를 지키네.

새싹이 돋는 봄,
꽃이
어우러지는 여름,
열매가
찬란한 가을,

모든 것이
벗기우는 겨울에도
여전히
그 자리에
서 있는 까닭은

---

* 중국 지린성(吉林省) 연변조선족자치주의 룽징(龍井)에 있는 소나무 정자다.

무심히 흘러가는
해란 강을 따라
멀어져 가는 젊음을
아쉬워하는
까닭이요,

그 어느 날
사랑하는 여인을
품에 안고자
아직도
꿈을 꾸는 까닭이네.

소천지

작은 마음에
하늘을 품었고
즐비 서 있는
숲을 품었네.

마음이
투명함으로
고요하고
맑아서

하늘까지
높은 마음도
능히 품는
소천지여.

다가오는
모든 이의
모습 그대로를
품어 줌으로,

마주 대하는
각 사람의 마음을
읽어주고
표현해 줌으로,

모든 이의
아름다움을
소생케 하는
소천지여!

천지 I

자욱한
안갯속에
감추어진 천지.

지구의
이쪽저쪽에서
모여든 눈망울.

여기저기 서성이며
찬 기운은
뼛속까지 파고들고.

보고픈 염원으로
기다리고
또 기다렸더니

천지는
가리운 면사포를
서서히 걷어 올렸네.

천지 II

서서히
자신의 미모를
드러내는
천지.

다소곳하고
얌전한 모습,
단아하고
품위 있는 자태.

면사포를
걷어 올린
새색시처럼
수줍구나.

이리 봐도
아름답고,
저리 봐도
신비로움이여!

천지 III

그대의 사랑은
새벽안개처럼
언제나
뿌옇네.

그대를
바라봄으로
기다림을 견디고
또 견뎠더니

당신의 사랑은
어느 사이
너울을 벗고
모습을 드러냈네.

다 받아들일 수도
다 거부할 수도 없는
애매모호한
당신의 사랑이여!

두만강

서로
나누지 못하고
속에만
쌓아둔 그리움.

서로를 향해
말을 걸고
손을 내밀면
너무도 짧은 거리를

때로는
울부짖음으로
때로는
피 토하는 절규로

꺾지 못하는
자존심 때문에
먼 길을
흘러가고 있네.

이쪽에서
저쪽으로
저쪽에서 이쪽으로
속마음을 나누면

두만강은
이쪽에도 끄덕이고
저쪽에도 다독거리며
묵묵히 흘러가네.

정

인연의 섭리 속에
서로가 끌려
사랑 속으로
빠져든 너와 나는,

가까이 있으면
밀치고
토라지고
미워하다가도,

떨어져 있으면
줄곧 생각하고
갈망하고
사모함은

이미 나닐 수 없는
우리가 된 까닭이요,
사랑보다 질긴 정이
훌쩍 자란 까닭이다.

하늘과 바다

하늘을 향해
손가락질하고
욕을 퍼부어도
하늘은 평화롭고,

바다를 향해
돌을 던지고
침을 뱉어도
바다가 잠잠함은

모든 손가락질과
욕을 품을 만큼
그 성품이
고상하기 때문이요,

모든 배신과
모든 공격을
받아줄 만큼
마음이 넓기 때문이네.

2) 이스라엘

이스라엘은 제 생전에 꼭 한 번은 가보고 싶었던 곳입니다. 하나
님의 아들이신 예수님이 하늘의 보좌를 떠나 이 땅에서 인간의
몸을 입고 사셨던 장소이기 때문입니다. 2015년 6월에 저는 그
곳으로 단기 선교를 다녀왔습니다.

LA에서 뉴욕으로, 다시 뉴욕에서 독일을 거쳐 이스라엘로 갔습
니다. 당시 동행 중 몇 명의 여행 가방이 단기 선교가 마칠 때쯤
에서야 도착해, 서로 나눠 쓰고 현지에서 급하게 옷을 사서 입으
며 고생했던 기억이 납니다.

① 가이사랴

가이사랴는 지중해 연안에 있는 도시로 예루살렘에서 65마일 떨
어져 있습니다. 가이사랴는 사도행전에 등장하는데 예루살렘 교
회가 세운 일곱 집사 중 빌립이 이곳에서 복음을 전했으며(사도행
전 8:40, 21:8), 베드로는 이곳에 주둔해 있던 로마 군대의 백부장이
었던 고넬료에게 복음을 전했습니다(사도행전 10:1~48). 무엇보다 사

도행전에서 바울은 2, 3차 전도여행을 마치고 배를 타고 가이사 랴로 돌아왔습니다.

바울이 3차 전도여행을 마치고 예루살렘으로 올라갔을 때 유대 인들이 이방인을 데리고 성전에 들어갔다고 바울을 죽이려고 했습니다. 그때 로마 군대 천부장이 바울을 구출했고, 암살 계획을 피해 바울은 로마 총독이 있는 가이사랴로 갔습니다. 바울은 가이사랴에서 2년을 지내며 벨릭스와 베스도 총독, 그리고 헤롯 아그립바 2세에게 복음을 변증하였습니다(사도행전 24~26장).

가이사랴에는 십자군 시대의 성채를 볼 수 있고, 헤롯 왕궁과 유대를 다스리는 로마 총독 관저 터가 남아있습니다. 고고학자들은 거기서 예수님에게 십자가형을 언도했던 로마 총독 빌라도의 이름이 새겨진 비문을 발견했는데, 현재는 발굴된 자리에 복제본이 놓여 있습니다.

관저 자리에서 바다를 바라보면 큰 수영장이 나옵니다. 헤롯이 돌을 파서 자신의 수영장을 만든 것입니다. 수영장 너머에는 푸른 지중해가 보입니다. 이곳에 로마 경기장이 있는데 『벤허』에 나오는 전차 경주를 상상하게 합니다. 또한 이곳에는 엄청나게 큰 극장이 있는데, 공명이 잘 되어 현대 공연이 이 유적지에서 자연스럽게 이루어지고 있습니다.

가이사랴 중심지에서 약간 떨어진 곳에는 두 개의 헤롯 수로가 있습니다. 이 수로들은 해안을 따라있으며, 갈멜 산에서부터 신선한 물을 가이사랴로 끌어오는 통로였습니다. 그리고 로마시대의 상징이라고 했던 공중목욕탕 자리도 있습니다.

비행기 안에서 I

펜실베이니아에서
뉴욕으로 가는
하늘 바다에

하얀 눈 뭉치들로
검푸른 물 위에
산을 이루었네.

위로는
옅은 구름들이
떠다니고

그 위에는
푸르른 하늘이
보이네.

비행기 아래로는
눈덩이 사이로
집들이 보이고

하늘과 하늘 사이,
구름과 구름 사이로
나는 날고 있네.

비행기 안에서 II

뿌연 구름 속을
번뜩이는
번개를 맞으며
비행기는 나아가네.

구름들은
날개에 부딪혀
안개처럼
흩어지고

작은 집들이
보이고
나무들이
손짓하더니

비행기는
어느새
땅에 입 맞추고
바닥을 핥아가네.

비행기 안에서 III _뉴욕에서 독일

서서히
하늘을 물들이며
깎여 나간
손톱처럼
붉은 해가
얼굴을 내밀고 있네.

달아오른 해를
맞이하는 하늘은
화사한 신부의
치마폭 같고
신부의 너울처럼
짙푸름이 걷혀지네.

그토록
짙었던 어두움이
이제는
뒷걸음치고,
당당한 아침이
웃으며 걸어오네.

가이사랴

짙푸른 지중해와
초록빛 바람,
손 흔드는
이름 모를 노랑꽃

여기는
원형극장,
저기는
경기장과 목욕탕

돌만 남아 있는
옛터에서
가이사랴의 궁전을
회상하며

예수님의
십자가형을,
빌립 집사와
고넬료를 떠올리고

벨릭스와 베스도 총독,
헤롯 아그립바에게
복음을 전하던
바울을 생각한다

② 갈릴리 호수

많은 성지의 모습이 변했지만, 그중 갈릴리 호수는 옛 모습을 가장 잘 간직하고 있기에 저에게 시골 청년 같은 순수함으로 예수님의 향취를 가장 잘 느끼게 해주었습니다.

물이 부족한 이스라엘에서 갈릴리 호수는 생명줄과도 같습니다. 이스라엘 전체 식수의 40% 이상이 갈릴리 호수에서 공급되며, 갈릴리 호수의 주변은 푸르고 경치가 아름다워서 황량한 유대 광야와는 대조적입니다.

갈릴리 호수는 예수님 사역의 중심지로서 이곳에서 제자들을 부르셨고, 또한 이곳은 제자들을 향한 예수님의 사랑과 긍휼이 가득 담겨 있는 곳입니다. 예수님이 보리떡 다섯 개와 물고기 두 마리로 5천 명을 먹이셨던 곳은 갈릴리 호숫가의 벳새다 건너편이었습니다. 예수님이 복음을 전하셨던 호수 주변의 동네들로 가버나움, 거라사, 벳새다 등이 호수 가까이에 있고, 가나, 나사렛, 막달라와 같은 마을들은 호수에서 조금 떨어진 곳에 있습니다.

주님의 발자취를 따라

주님
이 갈릴리 호수를
걸으셨습니까.

가버나움에서
중풍병자도
돌보셨습니까.

주님이 걸으셨던
그 호숫가,
그 길을 걸으며

주님,
당신을 생각합니다.
당신을 그리워합니다.

옛날 옛적
그 어느 날
이곳에 서 계셨던 당신,

시간과 공간을
초월한 사랑,
그 이름을 불러 봅니다.

갈릴리 호수 I

갈릴리 호숫가에
물결을 바라보며
주님을 생각합니다.

물결은
밀려 밀려
내게로 오고,

바람은
불고 또 불어
내 머리칼을 날립니다.

배를 띄우고
말씀을 나누셨던
그 갈릴리 호숫가.

주님의 음성
바람 되어
내 귀에 닿고,

주님의 사랑
물결 되어
내게 밀려옵니다.

갈릴리 호수 II

갈릴리 호수
배를 타고
나도 갑니다.

주님이
걸으셨던
그 호수를.

잊은 듯
숨어 있던
그리움이

봇물처럼
터져 나와
눈물이 됩니다.

주님,
사랑합니다.
보고 싶이요.

갈릴리 호수 III

저물어 가는
황혼의 빛

호수 위에
붉은 피 되어

나를 향해
길을 여네.

출렁이는
물결 위에

눈물처럼
빛나는 빛줄기

내 사랑하는 자,
내 기뻐하는 자여!

주님이
부르시며

십자가 빛으로
내게 오시네.

빛 되신 주님

주님은
빛으로
내게 오셨네.

어둡고
칙칙한
나의 마음에

그늘지고
캄캄한
나의 인생에.

주님은
빛으로 오사
나의 마음을,

그리고
나의 인생을
밝혀 가시네.

③ 예루살렘

예루살렘은 이스라엘의 수도이자 유대교의 원천이고, 기독교도에겐 예수님이 인간을 위해 고난받은 성지이며, 이슬람교도에겐 모하마드가 승천한 장소입니다. 솔로몬 왕이 세운 성전의 서쪽 벽으로, 유대인들에게 종교적 심장에 해당하는 '통곡의 벽'이 있습니다. 아브라함이 아들 이삭을 제물로 바치려 했던 성전 산의 남쪽에 있는 알아크사 모스크는 '가장 멀리 떨어진 사원'이란 뜻입니다.

통곡의 우측을 따라가다가 보면 푸른색 타일 벽과 황금 지붕이 화려한 '템플 마운트' 사원을 볼 수 있습니다. 요르단 왕이 1천 200장의 순금 판으로 황금 지붕을 만들었다는데, 예루살렘에서 가장 눈에 띄는 건축물이 이슬람 사원이라니 참 가슴 아픈 사실입니다. 감람 산과 템플 마운트 사이에는 네모난 컨테이너처럼 빽빽하게 공동묘지가 있습니다. 예수님이 재림할 때 같이 부활하기 위해 성전 근처에 묻히기를 원하는 사람이 많아 이곳이 가장 비싼 묘지라고 합니다.

감람 산 서쪽 기슭은 겟세마네 동산이며 이곳에 '만국 교회'가 있습니다. 12개의 돔으로 구성된 이 교회의 중앙에는 예수님이 기도했다고 전해지는 바위 일부가 철제 가시관에 둘러싸여 보존되어 있습니다. 그 외에도 베드로가 통곡한 곳에 세워진 통곡 교회, 예수님이 제자들에게 주기도문을 가르친 것을 기념하여 세운 주기도문 교회, 예루살렘 성의 붕괴를 예언하시면서 주님께서 눈물 흘리신 눈물 교회, 예수님 십자가에 죽으신 뒤 무덤 위에 세워진 성묘 교회 등이 있습니다.

· 히스기야 수로

유다 왕 히스기야가 기원전 701년경 예루살렘 성 밖 기드론 골짜기에 있는 기혼 샘의 물을 예루살렘 안 실로암 연못으로 끌어오기 위해서 만든 수로입니다(열왕기하 20:20). 수로의 길이는 약 533m 정도이며, 기혼 샘에서 종착지인 실로암 연못까지의 경사도의 차이는 채 30cm도 되지 않습니다. 히스기야 수로로 가려면 다윗 성에 있는 '워렌의 수갱'으로 가는 길을 통해서 기혼 샘을 지나 실로암 연못으로 향하게 되는데, 수로를 지나다 보면 기혼 샘에서 흘러나온 시원한 물을 만나게 됩니다.

겟세마네 교회

기름을 짠다는
겟세마네.

세 번째로
짜는 감람유는

등불을 밝히는데
쓰여지는 것처럼,

세 명의 제자들과
겟세마네 동산에서

기름을 짜듯
기도하셨던 주님,

곧 세상을 밝히는
기름이 되셨네.

겟세마네 교회에
덩그러니 놓여진 흰 돌,

주님이 기도하셨던 자리라
우리에게 말해 주네

무덤 교회

주님을
묻어 두었던 돌
나도 만져 보았네.

나라가 다르고
민족이 다르나
함께 무릎을 꿇었네.

줄지어 선 무리들
무덤 위에
세워진 십자가.

다른 곳에서
다른 모양으로
살아가도

주님을 향한
사랑은 같고
믿음은 같네.

두 눈에서
흘러내리는
눈물이 같고,

주님 몸에서
흘러내린
핏물이 같네.

시험 교회

요단 강에서
무리들과 함께
세례를 받으신 예수님,

홀로
40일을 주리시며
광야에 계셨네.

주님 홀로
기도하셨던
광야 속, 작은 동굴

주님의 고독
주님의 고통
나도 느끼고 싶어

동굴 속에
자리를 잡고
무릎을 꿇었네.

바위 구석마다
쑤셔있는
기도 쪽지들

천장에
둥지를 튼
작은 새들

어미 새에게
먹이를 기다리는
어린 새처럼,

나도 하늘을 향해
입을 벌리고
기도해 보네.

사해

사해에는
무거운 나의 몸도
쉽게 떠오른다.

자신의 힘으로
바둥거리면
가라앉으나

내가 죽어지고
내 힘을 빼고
사해에 누우면

나는 가볍게
물 위를 타고
누리게 된다.

사해의 진흙이
어떤 흙보다 질이 좋고
부드러움은

내가
죽어졌기 때문에
곱고 풍부한 것이다.

3) 터키

2016년 6월에는 알바니아 선교사님을 잠깐 방문하고, 터키로 단기 선교를 다녀왔습니다.

터키는 인구가 약 8천만 명이며, 수도는 앙카라입니다. 터키는 동양과 서양이 만나고, 중동과 중앙아시아, 그리고 발칸반도와 접하고 있는 질적으로 중요한 지점에 위치하고 있습니다. 이 나라는 삼면이 흑해, 에게해, 지중해로 둘러싸인 반도 국가 중의 하나입니다.

이곳은 역사상 최초로 기록된 고대 히타이트 문명을 시발로 고대 그리스, 페르시아, 알렉산더 대왕의 마케도니아, 로마 제국, 비잔틴 제국, 오스만 제국의 문명이 명멸했던 곳으로 많은 유적이 산재하여 있는 역사와 유적의 보고입니다.

이스탄불은 지정학적으로 동·서양이 만나며, 군사와 무역의 중심지로 수도로서 1천 년 이상을 누려왔습니다. 저희가 터키에서 돌아온 며칠 후에 이스탄불 공항에서 총격 사건이 있었는데, 선교 기간 하나님께서 우리를 보호하셨음을 실감하였습니다.

지하 도시와 암굴 교회로 유명한 갑바도기아에서는 열기구를 타볼 수 있었는데, 새벽 일찍 떠오르는 열기구들과 짙푸른 새벽하늘이 함께 어우러져 환상적이었습니다. 기독교의 핍박으로 땅굴에 숨어 살았던 조상들의 한을 풀어주듯, 열기구들이 하늘로 둥실둥실 떠올랐던 모습은 지금도 선명합니다.

갑바도기아에 있는 평원 아래에는 숨겨진 지하 도시 중 '데린쿠유'가 있습니다. 깊이 85m까지 내려가는 지하 8층 규모의 데린쿠유 지하 도시는 로마 제국의 종교 박해를 피해 온 초기 그리스도인들이 숨어든 곳이었고, 7세기부터는 이슬람 교인들로부터의 박해를 피하는 곳으로 사용되었습니다. 이 도시는 최대 2만 명까지 수용했던 곳이며 교회, 학교, 공동부엌, 회의 장소, 심지어 마구간과 양조장까지 갖추고 있습니다.

히에라볼리로 가면 멀리 하얀 천으로 덮은 것처럼 하얀 암반이 보입니다. 여기가 온천으로 유명한 '파묵깔레'입니다. 마치 눈이 덮인 것처럼 하얗고 아름다웠습니다. 주요 무역항으로서 클레오파트라 여왕이 쇼핑을 위해 다녀갈 정도로 융성했던 고대 도시 에페스(에베소), 호메로스의 『일리아드』의 무대였던 고대 도시 트로이, 그리고 그림같이 아름다운 지중해 연안에 위치한 수많은 고대 도시들은 세계적인 관광지입니다. 그 가운데 이 땅은 구약과 신약에 등장하는 주요 인물들과 그들의 활동 무대로 유명한 나라입니다.

에덴동산을 적시고 흘러간 네 개의 강 가운데 유프라테스 강과 티그리스 강이 있고, 노아의 방주가 닿아 지구상에 인류의 재번식이 시작되었다는 아라랏 산의 노아의 방주가 있습니다. 그리고 아브라함이 살았던 하란 지방, 그리스도인이란 말이 탄생하고 사도 바울의 전도여행의 출발지이며 후원처였던 수리아 안디옥, 사도 바울의 고향인 다소와 1, 2, 3차 전도여행지, 요한계시록의 일곱 교회 그리고 창세기, 에베소서, 사도행전, 골로새서, 빌레몬서, 요한계시록 등 많은 신약과 구약의 무대가 되었던 땅입니다.

알바니아인_알바니아 선교지 방문

알바니아 사람들은
다정함과
따뜻함과
여유가 있다.

커피 한 잔에
다정함을
서로에게
쏟아 놓을 줄 알고

나누는 언어에
정겨움이 있고
시간을 잊는
여유로움이 있다.

찾아온 손님에게
정성스런 접대와
선물을 준비하는
나눔이 있고

마음을 솔직하게
표현할 줄 아는
예술성과
자유로움이 있고

만나고 헤어질 때
볼에 입 맞추며
가슴과
가슴을 나눈다.

갑바도기아 열기구

새벽을 깨워
열기구를 타고
검푸른 하늘에
올라가니

불그스레한
조명이 비춰지면서
계곡이
그 몸매를 드러내고

아름다운 자연들이
하나씩
이불을 벗어 던지고
얼굴을 내민다.

따뜻한
하늘 장막에
울긋불긋
Hot air balloon,

그 부푸름 속에서
우리는
짐을 벗고
꿈을 꾸어 본다.

데린쿠유_지하 도시

빛이
없어도

땅 위에
발붙일 곳 없어도

주님과
함께라면

땅 아래
동굴도

부러울 것 없는
천국이네

파묵칼레_온천수

땅속에서
솟아오른
샘물은

지면을
스치고
흐르면서

모든 것을
하얗게
칠했네.

뜨거운
여름인데
눈 덮인 산처럼

파묵칼레,
목화의 성은
시원하게 보이나

반사된 하얀 빛에
나는
발갛게 익었네

에베소 항구의 아침 I

부둣가에
고양이는
세수를 하고
슬그머니
다가와
내 곁에 앉는다.

훤히 보이는
물속에서
긴 머리를
너울 치며
해초가
춤을 추고,

모래를 치는
얕은 물가에
작은 물고기가
줄지어 행진한다.
에베소를 여는
아침이다.

에베소 항구의 아침 II

해는
아직
자신을
드러내지 않고

창백한
달이
아쉬움에
서성이고 있다.

자신의
색깔로
하늘을
물들이고

열정을
여는
뜨거운
아침이다.

깊은
바다를
물들이며
길을 열고 있다.

하늘엔
아직
미련을
버리지 못한

아라랏 산

눈앞에는
겸손하고
고요한 언덕들이
어깨를 나란히 하고

무릎 아래는
하늘거리는
양귀비가
몸을 흔들고,

색색의 꽃들은
활짝 웃으며
넉넉한 마음으로
박수를 보낸다.

그리고
저 멀리
구름만큼의
높이에

머리가 희어진
아라랏 산이
흐뭇한 표정으로
내려다보고 있다.

노아의 방주가
아라랏 산의
정상에 있다는데...
바라보기만 한다.

반(Van) 호수*

악다마르**
섬에 가고자
호숫가에 섰을 때
이상적이게
비와 우박이 내림은

사랑하는 공주,
타마르를
만나기 위해
밤마다
헤엄쳤던 소년,

애타게
타마르를 부르며
물속에서
숨을 거둔
그의 영혼과

소년의
뒤를 따라
물에 뛰어든
타마르의
순결한 영혼이

못다한 사랑으로,
한스러움으로,
애절한 그리움으로,
전설 속에 지금도
울고 있는 까닭이다.

---

*　터키에서 가장 큰 내륙 호수다.
**　악다마르(Akdamar)는 반(Van) 호의 중앙에 떠올라 있는 섬이다.

터키 선교사 _이의홍 선교사님

울컥
가슴이 메인다.

쉬지 않고
고함치는

소리가
들린다.

모든 짐을
맡아지고

앞장서서 가는
여윈 어깨가 보인다.

결코 물러서지 않는
당당함이다.

4) 아이티(Haiti) 선교

2017년 8월에는 홍성진 소아청소년과 선생님 부부와 황선호 내과 선생님과 저희 부부, 그리고 교회의 몇 성도들이 함께 아이티 선교를 떠났습니다.

아이티의 국토 면적은 한반도의 1/8 수준이고, 인구는 1000만 명 정도이며, 수도는 인구 약 310만 명이 거주하는 포르토프랭스입니다. 아이티는 60년 동안 국제 사회로부터 원조를 제공받아 왔으나 아직 세계 최빈국이자, 부패 지수가 가장 높은 국가로 분류됩니다. 공식 언어로는 프랑스어와 크레올어를 사용하며, 국민의 80%가 가톨릭 신자이지만 실질적으로 전 국민이 아프리카 고유 종교와 가톨릭이 혼합된 부두교(Voodoo)를 신봉합니다. 아이티는 에이즈 감염률이 높은 수준에 있기에 혈액이나 타액, 피부조직 등이 직접 닿지 않도록 라텍스 장갑, 가운, 마스크, 보호안경 등을 착용해야 합니다. 아이티의 기대 수명은 58세, 결혼 연령은 평균 22세, 문맹률은 50%입니다. 아이티인들의 80%가 하루 2달러 미만의 빈곤층에 속하며, 빈곤층의 사람들은 진흙을 물에 갠 후 소금과 버터를 섞어 햇볕에 말려 만든 '진흙쿠키'를 음식으로 대용합니다.

저희는 아이티에서 오랫동안 선교를 하고 계신 김승돈 선교사님의 아이티 선교관에서 머물며 의료선교와 마을 전도, 그리고 고아원 등을 방문하였습니다. 가장 어두운 슬럼가인 시티솔레이라는 판자촌 마을은 쓰레기 더미와 배설물들이 마을 전체를 뒤덮고 있었고, 쓰레기로 채워진 개방된 하천에서는 돼지들이 먹이를 먹고 있었습니다.

그곳에 개척된 여러 교회들을 돌아보며 예배를 드렸고, 선교관에서 드려지는 새벽예배도 매일 참석하였습니다. 그들은 새벽마다 부르짖었습니다. 그들의 피부와 환경은 검은색이었으나, 그들의 영혼은 맑고 간절했습니다.

같은 땅에서 같은 공기를 마시며 살지만, 그들의 삶이 현재 나의 삶과는 너무 차이가 나서 가슴이 아프고 안타까웠습니다. 길을 나가면 아이들이 따라오며 고사리 같은 작은 손으로 내 손을 서로 잡으려고 했습니다. 내가 가진 것이 참 많음을 느끼게 되었고, 나의 일상이 얼마나 감사한 것인지 생각하게 되는 시간이었습니다.

아이티(Haiti) 선교 I

길목마다
쓰레기와 똥,
쓰레기로 가득 찬
시커먼 시궁창.

까만 아이들이
맨발로 다니고
까만 돼지들은
시궁창에서 먹이를 먹는다.

격한 냄새로
구역질을 참고 있는 나에게
가냘프고 까만 손이
내 손을 잡고 매달린다.

같은 인간이면서도
이토록 느끼는
충격과 좌절감 속에
주님을 생각해 본다.

하늘에서
시궁창 같은
이 땅으로 내려오신
하나님의 아들,

죄악으로
냄새나고 더러운
우리들과 함께 먹고
함께 사셨던 주님,

CITY SOLEIL의
사람들이 곧
나 자신임을
보게 되고,

순수한
그들의 심령 속에서
아름다우신
주님을 보게 된다.

아이티(Haiti) 선교 II

쓰레기 소각장,
타이어 타는 냄새,
시궁창에 가득 찬 쓰레기.

시궁창에서
먹이를 먹는 돼지들,
밖에서 대, 소변을 보는 사람들.

하늘은 검은 연기로,
땅은 검은 돼지와 검은 사람으로
가득한 CITY SOLEIL.

이곳에 맑은 물이 흐르고
물고기가 놀 것을 꿈꾸는
한 사람이 있네.

그는
새벽마다
그들과 함께 부르짖고,

그들로 하여금

집집마다 복음을 전하게 하는

PORT AU PRINCE의 작은 예수네.

CITY SOLEIL!

그 이름대로

태양이 떠오르고,

빛이 임하고

캄캄함이 물러가고

밝고 환한 날이 반드시 오리라.

아이티(Haiti) 선교 III

물도 없고
전기도 없어
제대로 씻지도,
입지도 못하는 아이들.

교회에 오고
병원에 올 때는
깨끗하고 말쑥하게
차려입고 온다.

복음 전하러 가면
빨리 옷을 단정히 입고
아무 의심도 없이
예수님을 모셔 드리는 사람들.

교회에 입고 갈 옷이 없어
걱정이 앞서는
가난한 마음속에
천국이 임함을 본다.

가진 게 없지만
하나님을
본능적으로
경외할 줄 아는 이들.

환경은 검으나
마음은 환하고
그들의 눈은
맑게 빛난다.

아이티(Haiti) 선교 IV

아파도
병원 한 번 가 본 적
없는 사람들

덥고 찌는
교회 안에
빽빽이 들어선다.

여자들은
어린아이까지도
질에 염증이 있다.

작은 시간을
틈내어 날아온
선교팀

한 사람
한 사람을
진료하나,

다 해 줄 수 없는
한계 앞에
마음이 아프다.

이들의
가난한 마음에
천국이 임하도록,

영혼의 구원과 함께
환경도
구원을 받도록,

간절히 기도하나
돌아오는 발걸음은
무겁다.

알아봐 줄 때

나를 알아봐 주는
누군가로 인해
우리는 행복해지고
기쁨을 느낀다.

사람이 나를
알아봐 줄 때도
이렇게
기쁘거늘

나의 존재를
인식해 주는 이,
나의 가치를
알아주는 이로 인해

하나님이
나를 알아봐 줄 때는
얼마나
기쁠까.

우리는
자신의 존귀함을
깨닫게 되고
아름다워져 간다.

떠남

이제 곧
우리가 이곳에 없는 날이
오겠지요.

추위를 밀어내며
꽃을 피웠던
봄바람처럼,

우리도
이곳에서
꽃을 피웠지만.

이제 곧
가을바람에
밀려가는 꽃잎처럼,

이곳에
모든 것이
그대로이지만,

우리는
이곳에
없을 날이 오겠지요.

우리의 이름과
그 추억과
사랑의 여운도,

머지않아
그 흔적과 기억마저
지워져 버릴 날이 오겠지요.

우리가
떠나간 자리를
그 누군가가 채우겠지요.

연꽃

좋은 환경에서
해처럼 밝고
산수처럼 맑지 않을 꽃이
어디 있겠는가

풍족한 조건 속에서
아름답고
우아하지 않을 꽃이
어디 있겠는가

어떤 꽃보다도
연꽃이 덧보임은
더럽고 탁한 물에
뿌리를 두고 있으면서도

더러움에
물들지 않고
맑고 정결함으로
피어났기 때문이네.

어떤 꽃과도
비길 수 없이
단아하면서도
다소곳하고

고요한 끌림이 있어
오랜 침묵과 고통,
가슴 저미는 사랑을
연꽃은 알고 있는 것 같네.

5) 과테말라

2018년에는 컴패션을 통해 후원하고 있는 아이를 만나기 위해 과테말라의 코반을 방문했습니다. 우리 교회에서도 컴패션을 통해 1000명 정도의 어린이들을 후원하고 있기에, 컴패션에 대한 이해와 함께 컴패션의 사역 현황을 보고 싶었습니다.

1952년 군인들에게 설교하기 위해 한국을 찾은 에버렛 스완슨(Everett Swanson) 목사는 국내에 머무는 동안 전쟁고아들과 마주치게 되었습니다. 이후 선교사 친구에게서 한국을 위하여 무언가를 해볼 것을 제안받았고, 미국으로 돌아와 한국에서의 경험을 바탕으로 설교하며 전쟁고아들을 위한 기금을 모으기 시작했습니다.

2년 뒤인 1954년에는 개인과 가족, 교회가 한국의 전쟁고아들을 위해 몇 달러씩 기부할 수 있는 프로그램이 개발되었고, 이 후원금은 한국의 아이들에게 성경공부를 할 수 있는 공간과 음식, 옷 등을 살 수 있는, 그리고 의료 혜택을 제공하는 데 쓰였습니다.

1956년 스완슨 목사와 그의 아내 미리암 스완슨은 비영리단체인 에버렛 스완슨 복음주의 재단을 설립하였습니다. 7년 뒤에 이 단체는 현재의 이름인 '컴패션'으로 명명되었으며, 같은 해 컴패션 캐나다 지부를 시작으로 현재 미국 외 전 세계 25개국에서 활발하게 활동하는 국제 구호 단체 중 하나입니다.

1952년도에 도움을 받아야만 했던 우리나라가 이제는 다른 나라를 도울 수 있다는 것이 감격적이며, 자라나는 어린아이들에게 교육과 함께 복음을 전해주고 신앙을 세워줄 수 있다는 것이 감사했습니다.

가을에 코반을 방문해서인지 선교 기간 비가 자주 오는 편이었습니다. 우리 선교팀은 컴패션 사무실, 교회와 학교 등을 방문하고 가정집도 방문하면서 함께 시간을 보냈습니다. 그리고 후원하고 있는 아이들과 약속한 날에 만날 수 있었습니다.

코반의 가을_과테말라

가을의 문턱에 있는
코반에
자주자주
이슬비가 내린다

어여쁜 꽃송이
떠나고
홀로 남은 잎새들이
몰래 흘리는 눈물인가

가까운 산에
연기가 오르고
잎새들의 그리움도
짙어만 간다

익숙하고 친근한
내 고향 시골처럼
작은 산, 좁은 길
울퉁불퉁 자연스러움

의심 없이
안기고
내미는
고사리 같은 손,

비에 젖은
아이들의
맑은 눈동자 속에서
떠오르는 꿈을 본다

하나님의 사랑

여러 가지 모양으로
구름이
하늘을 가리려 해도

푸르른
하늘빛을
가릴 수 없고,

옥색 빛
바닷물이
아무리 넓고 커도

해변으로 향하는
파도를
잡을 수 없고,

무관심한 척
괜찮은 척
숨기려 해도

감출 수 없고
막을 수 없는 것이
사랑이네

가난의 계절

겨울의 계절에
나무는
모든 것을 잃고
외로움에
떨고 있는 것 같지만

실상은
사랑을 키우고
꿈을 키우고
아름다움을
키우고 있는 것이다.

꽃과 잎새와 열매를
잃은 나무는
겨울 동안
남아 있는 뿌리를
튼튼히 하고

각 가지마다
영양을 공급하고
아름다운 꽃과
탐스러운 열매를
준비하고 있는 것이다.

가난의 계절에
너와 나도
외로움과
추위에
떨고 있지만

실상은
내면을
정돈하고
성숙한 열매를
키우고 있는 것이다.

비행기 안에서

하늘 위에
웅장한
눈산들,

그 위로
또 하나의 하늘과
구름 섞인 하늘,

광활한 바다,
웅장한 산,
번뜩이는 광채여!

창조 시의 혼돈과
침묵의 고요 속에
내가 떠 있네.

6) 미국

미국에 와서 보낸 중년의 삶은 이 땅에서 기업과 상급으로 맡겨주신 자녀들을 주의 자녀로 잘 키우며 온 가족이 성장하고 성숙해 가는 기간이었습니다. 저는 직장의 삶을 통해 섬김과 낮아짐을 배우고 온유함을 배우며 인내를 익혀 왔습니다. 오랫동안 영어가 자유롭지 않아 직장에서 충분하게 나 자신을 표현하지 못하고, 다만 견디며 제 자신의 자존감을 스스로 지켜야 했습니다. 남편이 선교사가 아닌 목사로 교회에서 사역을 시작했기 때문에, 저는 사모로서 어떻게 교회에서 처신하고 사역해야 할지 몰라 영적으로 많이 눌린 느낌이 들게 되었고 결국 그 영적인 답답함을 시로 풀어나가게 되었습니다. 미국에서 강준민 목사님을 만남으로 남편과 저는 글 쓰는 은사를 계발할 수 있게 되었고, 남편은 교회 사역과 설교도 잘 배울 수 있었습니다.

한국에서의 삶이 영적인 기본을 견고하게 다지는 삶이었다면, 미국에서의 삶은 세상과 사람들을 보게 되고 알게 된 시간이었습니다. 지성을 계발하고 다양성을 경험하며 마음과 시야를 넓히게 되고 만남의 지경이 깊어지고 넓혀진 시간이기도 합니다. 또한 은사들을 발견하고 계발하는 시간이었습니다.

하나님께서 저희들이 영적인 훈련을 받도록 청년의 시기에 네비게이토선교회에서 변희관 목사님과 사모님을 만나게 하시고, 영적인 부모와 자녀로 지금까지 교제하게 하신 것을 항상 감사하게 생각합니다.

또한 중년기에 미국에서 강준민 목사님을 만나게 하심으로 저희에게 리더의 자질과 안목을 넓히게 하시고, 은사를 발견하고 계발할 수 있도록 도움을 받게 하신 하나님께 감사를 드립니다. 강준민 목사님과도 벌써 18년을 함께 하며, 목사님으로부터 균형 잡힌 영성과 사랑과 섬김, 지식과 지혜를 배우게 하시며 저희의 마음과 관계를 넓혀 오신 것에 늘 감사합니다.

2022년에 주신 시편 37편 3~6절 말씀을 가지고 기도하며 새해를 시작합니다.

> 여호와를 의뢰하고 선을 행하라 땅에 머무는 동안 그의 성실을 먹을 거리로 삼을지어다 또 여호와를 기뻐하라 그가 네 마음의 소원을 네게 이루어 주시리로다 네 길을 여호와께 맡기라 그를 의지하면 그가 이루시고 네 의를 빛 같이 나타내시며 네 공의를 정오의 빛 같이 하시리로다_시편 37:3~6 [개역개정]

Trust in the LORD and do good; dwell in the land and enjoy safe pasture. Delight yourself in the LORD and he will give you the desires of your heart. Commit your way to the LORD; trust in him and he will do this: He will make your righteousness shine like the dawn, the justice of your cause like the noonday sun._Psalms 37:3~6 [NIV]

시 치료

언제 크게
소리를 지르거나
언제 한 번
크게 소리 내어
울어보지 못한 나는
보랏빛 가슴을
그늘 속에 숨겼네.

인생의 오후,
네가 나에게 왔을 때
내 속의 욕구와
절규와 아픔들은
은유와 직유를 입고
이미지 너울 속에
춤추기 시작했네.

너는
나의 외침
나의 울부짖음
나의 한숨
나의 몸짓이 되고
나는 어느새
시가 되었네.

보름달

밤 근무 나가는
나를 격려하듯,

반갑고 정다운 얼굴
차 창가에 떠오르네.

말갛고 모가 없는
둥근 얼굴,

부드럽게 웃음 짓는
다정한 눈빛.

외로운 프리웨이
나와 함께 뛰어주고,

곁에서 지켜보며
'힘내라' 말해 주네.

그 환한 미소는
하늘을 밝히고,

내 마음과 얼굴도
환하게 펴주네.

하프와 바이올린

하프를 안고
현을 어루만지듯
가볍게 또는 강하게
현을 뜯을 때마다

맑은 물소리가 나기도 하고
깊은 숲속에서
새들의 노랫소리가
들리기도 하니,

바이올린이
활을 잡고 현을 켜서
구슬픈 사랑을
노래하네.

어느새 나의 영혼이
실오라기처럼 가냘픈
바이올린의 소리에
휘말려 듦은

자신을 켜는
아픔으로 인해
슬프도록
고운 소리를 내는

바이올린이
내 속에도 있어
내 마음을 찢고
영혼 깊숙이 숨겨진
눈물을 드러냄이네.

단풍잎

가을이 되면
꽃보다 더 고운
단풍잎을 만난다.

다른 나무들처럼
무리 속에 묻혀
봄, 여름 지내다가

가을이 되면
자기 색깔을 드러내어
활활 타오르는 잎새.

자기의 때를
기다리며, 인내하고
준비하는 나무.

평범 속에
자족하고, 감사하며,
꿈을 꾸다가,

마침내
자신의 때를
꽃피우는 나무.

가을 하늘 위에
붉어진 단풍잎이
힐끗힐끗 눈짓하고,

도로변마다
찬란한 별들이
살랑살랑 손짓한다.

자신의 때를
화사하게 드러낸
아름다운 잎새여!

가을 잎새

오랜 기다림 끝에
붉고 아름답게
자신을 드러내는
가을 잎새.

화려한 빛깔보다
더 고운
겸손과 섬김,
가을 잎새의 마음

모든 이들의
탄성과 감탄도
자신의 찬란함도
그리 길지 않음을 알기에

가을 잎새는
아름다운 모습으로
이별을 노래하며
나무에서 내려오네.

낮은 곳에서
자신이 썩어짐으로
나무에게
자양분을 주는 잎새

가을 산

빨갛게
노랗게
자신의 색깔로
우뚝 선 나무들

나무와
나무 사이로
찬란한 빛이
쏟아 내리고

돌과
돌 사이로
맑은 음향이
흘러내리네

가을의
아름다움 속에서
여인은 예감된
이별을 생각하며

저 멀리
싹터 오르는
꿈을 보며
홀로 걷네.

와이키키 해변*

하늘도
파랗고
바다도 파랗다.

하늘에는
하얀 구름이
뭉실뭉실

바다에는
하얀 파도가
넘실넘실

내가
생명수에
잠김으로

사랑과
기쁨이
충만하고

하늘과 바다가
하나 되는
성스러운 아침.

---

* 와이키키 해변(Waikiki beach)은 하와이 호놀룰루에 위치하며, 서쪽의 카하나모쿠 비치
를 시작으로 동쪽의 카이마나 비치까지 약 3.2km 해변을 일컫는다.

카핀테리아 비치 I

푸른 하늘과
파아란 바다와
하얀 파도.

하늘도 눈부시고
바다도 반짝이고
마음도 빛나는 순간.

우아한 물새와
파도를 따라
팔짝거리는 어린 소녀.

자연과
어우러지며
기쁨이 출렁이고

해변의 돌 하나,
하나에서도
아름다움을 발견하며

함께 먹고
함께 웃을 수 있는
친구가 있어 좋은 날.

감탄을 연발하며
기뻐 재잘거리는
중년의 여인들.

하늘도 맑고
바다도 맑고
사람도 맑아지는 시간.

카핀테리아 비치 II

자연과 사람이
어우러진 풍경

밀려오는
파도와 함께

하늘이
물들어 가고

물속으로
빠져들어 가는

해를 바라보며
사람들도 멈춰 섰네.

하늘과
바다의 경계

바다가
하늘이 되고

하늘이
바다가 되었네.

나의 마음이
네가 되고

너의 마음이
내가 되는 것처럼.

말리부* 새벽

소리 없이
하늘이 다가오고
말리부 바다는
온몸으로 하늘을 맞는다.

바다는
하늘을 따라
조금씩 조금씩
물들어 가고

물가로 나온
파도들은
작은 몸짓으로
대지를 깨운다.

그리움으로
밤잠을 설친 여인은
설레임으로
바다를 향해 섰다.

차디찬 바람은
여인의 볼을 할퀴고
온몸을 뒤흔들다
물러서 가고,

뼛속까지 스며드는
냉랭함을 견디며
여인은 가슴으로
바다를 품는다.

---

* 말리부(Malibu)는 미국 캘리포니아주 로스앤젤레스 카운티(Los Angeles County)에 있
  는 도시다.

말리부 저녁

멀리 바라보이는
말리부 바다는
하늘을 흡수하여
검푸른 잿빛이고,

하늘은 조금씩
어둠 속으로 멀어지고
파도는 자꾸만
뒷걸음친다.

이미 떠나간 해는
말리부 하늘에
분홍빛 한 줄기
곱게 남겼고,

말리부를 찾아온
중년 여인은
보고픈 기다림에
홀로 서 있다.

피스모 비치[*]

여러 가지 모양으로
구름이 하늘을 가리어도
푸르른 빛은 보이고

옥색 빛
바닷물이 밀려오고
또 밀려와도

바닥 밑
모래를
다 가리지는 못한다.

감출 수 없는
보고픔과 그리움과
사랑처럼

---

* 피스모 비치(Pismo Beach)는 미국 캘리포니아주 샌루이스오비스포 카운티에 있는 도
시다.

피스모 모래사장

모래는
많이 깎일수록
부드러워지고

사람은
고난과 아픔 속에
부드러워진다.

모래는
아무것도
고집하지 않고

우리 각각의
발자국을 받아
그대로 드러내 준다.

부드러운 마음이
모든 사람을
받아 주고

각 사람의
모습 그대로
드러내 주는 것처럼.

빅베어의 아침

이른 아침
호숫가를 걷는다.
오랜 시간 만에
태초의 창조 속으로.

떠오르는 태양,
잔잔한 호수에
나의 눈길을 주며
말없이 나와 걷는다.

나의 무게에
파여지는 흙이 좋고
쾌쾌한 흙냄새와
시큼한 풀냄새가 좋다.

호숫가의
아름다운 집들을 보며
거기에 살고 있는
사람들을 생각해 본다.

하늘에는
새들이
활기차게 날갯짓하며
재잘거리고,

호수에는
오리가
먹이를 찾느라
바쁘게 움직인다.

오리

낮은 물속에서
스스로 걸을 때는
큰 엉덩이가
뒤뚱뒤뚱.

내 힘으로
내 인생을
살아가면
삶이 뒤뚱뒤뚱.

깊음 속에서는
노련하고
유유한 모습으로
물길을 타고.

하나님을
의지하며
그 섭리 속에 살아가면
삶은 매끄럽고

먹이를
먹을 때는
물구나무를 서서
엉덩이만 퐁당퐁당.

먹는 것에
목숨을 걸 때
그 인생은
퐁당퐁당.

독수리 I

독수리는
잦은 날갯짓 대신에
두 팔을 벌려
기류를 타네.

참새처럼
자신의 날갯짓만으로
하늘을 날면
오래 날 수 없으나

날갯짓을 멈추고
태양을 향해
두 날개를 펴고
상승 온난 기류를 타면

독수리처럼
태양의 에너지로,
바람의 힘으로
더 높이, 더 멀리 날 수 있네.

독수리 II

독수리는
자신의 날갯짓을
고집하지 않기에
거센 폭풍우가 두렵지 않네.

우리는
인생의 고난과
고통을 선용하여
하늘을 날게 되네.

폭풍우가
거세면 거셀수록
독수리는 더 빨리
더 높이 날 수 있네.

하나님이
우리에게
인생의 거센 폭풍을
허락하심은

폭풍우를 타고
높이 나는 법을
우리에게
가르치시기 위함이네.

독수리 III

독수리는
둥지를
높은 절벽 위에
만드네.

땅에 머물러
세상 근심
세상 걱정에
눌려 있지 않고,

높은 곳에서
멀리, 그리고
전체를 보며
하늘의 흐름을 보네.

우리가
하나님을 앙망하고
하나님께
우리의 시야를 고정할 때

우리는
하나님의 시각,
하나님의 관점으로
세상을 볼 수 있네.

독수리 IV

독수리는
하늘을 날기 위해
먼저 하강하면서
날개를 펴네.

주님도
부활하시기 위해
먼저 땅 밑에
묻히셨고,

운동선수도
높이뛰기 위해서는
먼저 몸을
최대한 낮추네.

하나님께서
우리를
비상하게 하실 때도
먼저 우리를 낮추시네.

많이
낮아질수록
우리는
더 높이 날게 되네.

화초를 키우며

화초 키우기를
시작했을 때
책대로 물을 주었지만
뿌리가 썩거나
잎이 말라지는 때가 많았다

여러 번의 실패를 경험하면서
어느새 나는
잎새들의 얼굴빛과
꽃들의 속삭임도
감지하게 되었다

삶의 대부분이
머리보다는 해보면서
익히고 배우고
알아가는 것 같다
실패할 용기만 있다면.

꽃기린_Crown of Thorns

너를 만나
너의 이름을
알게 되고

너를
알면 알수록
너에게 빠져든다

고난의 가시를
온몸에
가지고도

티 없이 맑고
고운 얼굴로
활짝 웃는 꽃

가시 박힌 몸으로
꽃을 피우는
너의 이름은 '가시관'

고난이
얼마나 우리를
강하게 하는지,

얼마나 아름답게
꽃 피게 하는지
말해 주는 것 같다

나이

이미 살아온 날들이
앞으로 살아갈 날보다
어느새 많아졌으나

마음은
세월을
피해 가나 보다.

소녀적 그 마음이
여전히
있으니 말이다.

매일 보는
거울을 보고서도
이제는 나이가 들었구나.

나도 알고
다른 사람도
알 수 있는데

그래도 마음은
여전히
분홍빛 청춘이다.

인생

우리 인생은
카누를 타는 것처럼
과거를 보며
미래를 향해 가네

과거에
나의 삶에 역사하셨던
그 하나님을
돌아보며,

어제도 오늘도
동일하신 하나님이
미래에도 말씀대로
일하실 줄 아네

우리를 지금까지
인도하신 하나님이
우리의 장래도
선하게 인도하심을 믿네.

하나님의 것 _고린도전서 6:19~20*

내가
만든 것은
내 것이고

내가
하나님의 것이요,
예수님의 것이네.

내가
값을 지불하고
산 것도 내 것인 것처럼

하나님의
영광을 위해 살고,
영광을 드러낼 존재네.

하나님이
나를
만드시고

하나님이
나를 위해 아들로
값을 지불하셨으니

---

*　[고린도전서 6:19~20] 너희 몸은 너희가 하나님께로부터 받은 바 너희 가운데 계신 성령
　의 전인 줄을 알지 못하느냐 너희는 너희 자신의 것이 아니라 값으로 산 것이 되었으니
　그런즉 너희 몸으로 하나님께 영광을 돌리라

사랑받은 자

태양빛 아래서
어떤 빛도
필요치 않음같이

하늘보다
더 큰 사랑을
경험한 사람은

불꽃같은
사랑에
목말라 하지 않고

왔다가는
사랑에
상처입지 않네

일상의 감사

오늘 아침도
눈을 뜨고
스스로
아침을
챙겨 먹을 수 있는 게
감사하다

집안을
정리하고
화초들 하나하나
돌아보고
음식을 준비할 수 있는 게
새삼 감사하다

일상 속에서
함께할 수 있는
가족이 있고
이웃이 있음이
가슴 뭉클하게
감사하다

하나님의 뜻

하나님의 뜻이
나를 아름답게 하고
당당하게 함은

하나님의 뜻은
나의 삶의 목적이요
이유인 까닭이네.

하나님의 뜻을 따라
보내시는 대로
머물게 하시는 대로

나는
지금 여기서
하나님을 따르네.

3부

사랑의 불꽃

사랑의 불꽃

저는 사람과의 관계와 남녀 간의 사랑에도 아주 소극적인 사람이었습니다. 대학생 때 남학생들로부터 관심을 받아도 저의 사랑의 수준은 높았기에 쉽게 남자들의 마음을 믿지 않았고 마음을 열지 않았습니다. 저에게는 거절에 대한 두려움이 무의식 속에 컸던 것 같습니다.

대학교 2학년 때는 캠퍼스에서 정말 헌신적으로 진실한 마음을 표현하며 저로 하여금 마음을 열게 한 남학생과 교제하려 하자 부모의 극심한 반대에 부딪혔습니다. 그것은 종교적인 반대이기도 했습니다. 결국 저는 만남을 끊고, 하나님께만 새롭게 헌신하게 되었습니다.

저는 간호사로 근무하면서 복음을 전하기 시작했고, 영혼들을 양육하기 시작했습니다. 그리고 자매들의 변화와 성장을 위해 새벽마다 일어나 기도하게 되었습니다. 자매들에게 믿음의 진보가 있을 때는 저의 마음은 하늘을 나는 듯 기뻤습니다. 그러나 자매들이 영적으로 침체하면 제 자신도 죽을 것같이 고통스러웠습니다. 저는 어느 날 문득 저의 모습에 놀랐습니다. '사랑'이라고 하면 남녀 간의 사랑이 가장 간절하고 절절하다고 생각했는데, 저는 자매들 때문에 가슴이 애절하고 자매들 상태에 따라 저의 감정이 천국과 지옥을 오가고 있었던 것입니다.

저는 그제야 '이것이 하나님의 사랑이구나!' 하는 생각이 들었고, 하나님의 사랑이 저에게 부어졌음을 알 수 있었습니다. 저는 적극적으로 사람들에게 다가가 복음을 전했고, 적극적으로 복음 전한 사람들을 만나 밥을 먹여 가며 성경을 가르쳐 주었습니다.

그룹을 이루고 팀리더가 되면서 저는 잠잘 시간이 부족해도 더 기도했고 자매들 한 사람, 한 사람의 필요를 보고 채워주며 양육하고 훈련했습니다. 때로는 밤 근무 후 잠도 자지 않고 대학교 신입생들에게 복음을 전하러 가기도 하였습니다. 그때 저에게는 어떤 피곤도 이길 만한 열정과 열심이 있었습니다.

저는 결혼 후 중국에 평신도 선교사로 나갔습니다. 남편은 연변과학기술대학의 교수로, 저는 양호교사로 함께 중국에 들어간 것입니다. 저는 연길에 도착하자마자 첫날 만난 자매와 교제를 시작하고, 그 자매를 통해 여러 영혼을 얻어 갔습니다. 임신 중에도, 출산할 때까지도 중국어를 배우러 대학에 다니며 중국어 선생님에게 복음을 전하고 몇 자매들을 양육했습니다.

결혼 초기는 임신과 출산, 이사 등으로 변화가 많은 시기였으나 제 속에 있는 내면의 불은 저로 하여금 이 모든 것을 넉넉히 감당할 수 있게 해주었습니다. 당시 중국은 석탄을 피우고 있었고 여러 면에서 환경이 한국에 비해 많이 떨어졌으나, 저는 환경보다 영적으로 풍부한 어장을 보며 흥분하였습니다.

형제·자매들의 숫자는 금세 늘어났지만, 공안당국의 감시는 늘 커다란 스트레스가 되었습니다. 결국 저는 스트레스로 인해 위궤양으로 피를 토하고 쓰러졌습니다. 다행히 자매들이 교제하기 위해 집에 도착했을 때 쓰러졌기에, 아이들을 자매들에게 맡기고 남편은 저를 업고 응급실로 빨리 갈 수 있었습니다.

그 후 한국에서 온 한 불신자 교수님의 실언으로 우리가 선교사라는 것이 알려졌습니다. 인도하심을 위해 기도하던 중, 우리를 돕던 박사과정의 두 학생과 우리 부부는 박사학위 후 여러 과정을 통해 함께 미국으로 오게 되었습니다. 자매들에겐 새 리더를 세워주고, 함께 신앙생활을 계속해 가도록 묶어주고 중국을 나오게 되었습니다.

남편은 노스웨스턴대학에서 박사 후 과정을 하며, 우리 가족은 미국에서 1년 동안 경제적으로 어려운 생활을 하였습니다. 아마 그때가 하나님께 인도하심과 공급하심을 가장 간절히 구했던 시기였을 겁니다. 하나님께서는 남편을 삼성 연구원으로 인도해 주셨고, 비행기 항공료, 이사 비용, 전세 자금을 공급해 주셨습니다. 우리 가족은 한국에서 3년을 생활하게 되었고, 그 시기 아이들은 유치원과 초등학교 1, 2학년을 보냈습니다. 덕분에 아이들은 한국어와 한국 문화를 경험하고 알 수 있었습니다. 저희가 의도하지는 않았지만, 지금 생각해 보면 하나님께서 아이들을 위해 계획하셨음을 이제야 깨닫습니다. 남편은 삼성에서 과장으로 직장 생활을 즐겁게 했고, 저도 아이들을 돌보며 운동도 하고 영어도 공부하며 개인적인 시간을 가질 수 있었습니다.

남편은 중년기에 들어서면서 삼성을 통해 다시 중국으로 나갈 길을 찾았지만, 길이 막히자 삶의 목적과 의미에 대해 혼란스러워하였습니다. 저는 남편의 꿈인 선교학 공부를 돕기 위해 미국 간호사 자격증을 준비하게 되었고, 하나님께서는 형통하게 그 길을 인도해 주셔서 온 가족이 다시 미국으로 오게 되었습니다.

저는 미국에서 생활하는 동안 사역보다는 남편과 자녀들을 내조하는 일에 더 신경을 쓰려고 했습니다. 또한 저의 열심과 열정이 하나님뿐 아니라 남편보다도 더 앞서지 않으려고 절제하였습니다. 남편은 점점 더 건강해지고 열정과 열심이 커 갔습니다. 저는 미국에서 간호사가 되고 사모가 되면서 저의 내면의 불은 점점

베일에 가려졌습니다.

미국에서 간호사로서, 사모로서, 아내와 엄마로서 생활하면서 저는 쌓인 삶의 무게와 일상의 눌림을 시로 표현함으로 조금씩 해소할 수 있었습니다. 그리고 17년이 지난 지금 남편은 모든 면에서 이전보다 훨씬 건강해졌고, 자녀들은 독립하여 스스로의 길을 잘 가고 있습니다.

최근에 저는 생존을 위해 끊임없이 일하고 있는 제 자신을 보게 되었고, 거의 빛을 잃어 가고 있는 저의 내면의 불꽃을 다시금 발견하였습니다. 저희 부부는 이미 미국 생활에 적응해 있었고, 경제적으로 넉넉하지는 않지만 특별한 걱정과 염려는 없었습니다. 기도는 계속하고 있지만, 하나님을 의뢰하며 하나님의 공급하심과 일하심을 매일 체험해 가던 삶에서 이제는 스스로 거의 해결하고 있는 듯 보였습니다.

저의 몸은 나이와 함께 지쳐서 병원 일과 집안일 외에는 더 이상 아무것도 감당할 수가 없었습니다. 성도들의 필요가 보여도 섬기거나 위로하고 격려할 수 있는 여력이 없었습니다. 근무할 때는 긴장해서 12시간의 바쁜 일들을 잘 감당하지만, 쉬는 날은 무기력증에 빠져 몸이 잘 움직여지지 않았습니다. 그러던 중 아프리카에 선교사로 있던 자매의 소식을 들었습니다. 저보다 한 살 어린데 폐암으로 세상을 떠난 것입니다.

저는 충격과 함께 저의 인생을 돌아보게 되었고, 저의 두 손을 비우고 하나님께 했던 약속을 이행해야 할 때임을 인식하게 되었습니다. 그렇게 저의 인생을 재조정하자, 저의 내면의 불은 다시금 타오르고 저의 가슴은 뛰고 흥분되기 시작했습니다. 2020년부터는 이사야 60장 4~5절 말씀만으로 기도하고 있는데, 최근에 이사야 60장 1~3절 말씀도 눈에 들어오게 하시고 가슴에 품게 하셨습니다.

> 일어나라 빛을 발하라 이는 네 빛이 이르렀고 여호와의 영광이 네 위에 임하였음이니라 보라 어둠이 땅을 덮을 것이며 캄캄함이 만민을 가리려니와 오직 여호와께서 네 위에 임하실 것이며 그의 영광이 네 위에 나타나리니 나라들은 네 빛으로, 왕들은 비치는 네 광명으로 나아오리라_이사야 60:1~3 [개역개정]

> "Arise, shine, for your light has come, and the glory of the LORD rises upon you. See, darkness covers the earth and thick darkness is over the peoples, but the LORD rises upon

you and his glory appears over you. Nations will come to your light, and kings to the brightness of your dawn._Isaiah 60:1~3 [NIV]

네 눈을 들어 사방을 보라 무리가 다 모여 네게로 오느니라 네 아들들은 먼 곳에서 오겠고 네 딸들은 안기어 올 것이라 그 때에 네가 보고 기쁜 빛을 내며 네 마음이 놀라고 또 화창하리니 이는 바다의 부가 네게로 돌아오며 이방 나라들의 재물이 네게로 옴이라_이사야 60:4~5 [개역개정]

"Lift up your eyes and look about you: All assemble and come to you; your sons come from afar, and your daughters are carried on the arm. Then you will look and be radiant, your heart will throb and swell with joy; the wealth on the seas will be brought to you, to you the riches of the nations will come._Isaiah 60:4~5 [NIV]

현재의 모든 것은 하나님의 축복과 은혜입니다. 현재의 만남과 사랑이 저에게 얼마나 소중하고 행복감을 주었는지 돌아볼 수 있게 되었습니다. 하나님을 향한 사랑의 불꽃이 타오르니 사람들을 향한 사랑도, 온기도 회복하였습니다.

남편은 교회에서 성도들을 통해 사람을 알아가고 관계를 배워갔습니다. 강준민 담임목사님과 동역하면서 실질적인 영적 리더의 능력과 지혜를 배우고, 교회의 일 처리 능력도 익힐 수 있었습니다. 저는 목사님께서 전해주시는 말씀을 통해 많은 깨달음과 시적 영감을 얻었고, 깊은 영성으로 뿌리를 깊이 내릴 수 있었습니다.

또한 존중과 성품을 중요시하시는 목사님의 말씀에 따라 저의 성품이 좀 더 온유하고 인내할 줄 알게 되었습니다. 성도님들과의 교제와 섬김을 통해 위로와 격려를 받았고, 교회 공동체를 통해 사랑하고 사랑받으며 행복한 시간을 보내왔습니다.

60세를 앞두고 저의 삶을 돌아보니 모든 것이 하나님의 사랑이며, 은혜와 축복이었습니다. 하나님께서는 저에게 억지로 강요하지 않으시고, 제 마음에 소원을 품게 하심으로 기다림 가운데 저를 인도해 가시는 것을 느꼈습니다. 하나님 사랑의 불꽃이 저의 내면의 불꽃을 타오르게 하셨습니다.

현재의 모든 것, 하늘과 새들과 산과 꽃들이 저에게 사랑으로 다가옵니다. 이제는 일어나 빛을 발해야 하는 때임을 깨닫습니다.

하나님의 지상 사명을 성취하기 위해 하나님의 지상 명령을 다시금 마음에 새겨봅니다.

> 새 계명을 너희에게 주노니 서로 사랑하라 내가 너희를 사랑한 것 같이 너희도 서로 사랑하라 너희가 서로 사랑하면 이로써 모든 사람이 너희가 내 제자인 줄 알리라_요한복음 13:34~35 [개역개정]

> "A new command I give you: Love one another. As I have loved you, so you must love one another. By this all men will know that you are my disciples, if you love one another."_John 13:34~35 [NIV]

내면의 성소 _고린도전서 3:16[*]

예수님이
나의 마음에
들어오셔서

나의 거짓 자아는
십자가와 함께
죽었고

예수님의
마음이 곧
나의 마음이 되었네.

고요함 속에
내 마음 깊은 곳을
찾아가면

주님은
그곳에서
만나주시고

마음에서
마음에게
말씀해 주시네.

---

[*]   [고린도전서 3:16] 너희는 너희가 하나님의 성전인 것과 하나님의 성령이 너희 안에 계시는 것을 알지 못하느냐

돕는 자 _요한복음 14:16~17*

하나님의 아들,
예수님이
땅으로 오셔서

우리와 같이
출생하시고
성장하심으로

우리가 이 땅에서
살아갈 모습을
보여주셨네.

예수님이
우리 죄를 대신하여
죽으신 후

다시
부활하시므로
하늘에 오르시고

성령으로
우리 속에 거하시며
우리를 돕고 계시네.

---

* [요한복음 14:16~17] 내가 아버지께 구하겠으니 그가 또 다른 보혜사를 너희에게 주사 영원토록 너희와 함께 있게 하리니 그는 진리의 영이라 세상은 능히 그를 받지 못하나니 이는 그를 보지도 못하고 알지도 못함이라 그러나 너희는 그를 아나니 그는 너희와 함께 거하심이요 또 너희 속에 계시겠음이라

영혼의 평화

예수님을
마음에 모시고
주되심을 고백하며,

인생의 주인,
일상의 주인 되심을
인정하는 사람은

자신의 영혼이
보호받는 공간에서
있는 그대로 존재할 수 있고,

마음속에 있는
감정과 열망,
약점들까지,

자신 안의
모든 것들과 대화하며
귀 기울임으로

자신의 내면이
평화와
자유를 누리네

행복

사람들은
행복을 얻으러
노력하나,

아무리
외부 조건이
좋은 것도,

행복한 상황도
행복으로
느끼지 못함은

행복은
사람의 내면,
인격 속에 있음이네

하나님의 지혜

하나님의 지혜는
겸손의 모양으로
우리에게 다가오시네

하늘과 땅의
최고의 권위자이신
하나님의 아들을

하늘에서 땅으로
가난한 목수의 아들로
구유에 눕게 하신 하나님.

가장 낮은 것으로
초라한 모습으로
조용히 세상에 오신 예수님.

어두운 밤에
밖에서
양 떼를 지키던

자신의 자리에서
사명을 감당하고 있는
겸손한 자들에게

기쁜 소식으로
평화로써
오늘도 다가오시네

사랑은 행동으로 I

달콤한 칭찬,
존중하는 말투이지만

들어줄 귀와
동감해 줄 가슴이 없다면

어찌 사랑이라
할 수 있을까?

자신이 위에서
교훈만 늘어놓음으로

상대방이
아무것도 모르는 것처럼

뻔한 진리를 반복함으로
무시하고 있는데...

사랑은 행동으로 Ⅱ

말이나
눈빛으로
사랑한다 하지만

가까이 가면
무시당하는
느낌을 받는다면

어찌
사랑하고 있다
말하겠는가?

입으로
존중한다
말하지만

항상
자신이 모든 것을
통제하고 있다면

그는
자신 외에 아무도
존중하고 있지 않은 것이다.

사랑은 행동으로 III

입에 발린
화려한 말보다

곁에 있으면
편안하고,

가까이 있어도
자유롭고,

항상 그대 자신이
되게 하는 사람.

그대의 연약함을
그대로 받아들이고

함께 함으로
즐겁고 기쁠 수 있다면,

그대의 필요를 알며
언제든지 채워주고자 한다면,

어떤 사람보다
어떤 일보다도

그대와 함께
시간을 보내고자 한다면,

그대는 진정
사랑받고 있는 것이다

새벽별 _로마서 12:1[*]

새벽에 일어나
창문을 여니
별 하나
반짝이는 눈빛으로
내려다보고 있네.

때로는
매일 새벽
정한 시간에 일어나
주님 앞에
나가지 못할 때도

주님은
나를 기다리고
또 기다렸으리라
반짝이는
저 별빛처럼.

---

* [로마서 12:1] 그러므로 형제들아 내가 하나님의 모든 자비하심으로 너희를 권하노니 너희 몸을 하나님이 기뻐하시는 거룩한 산 제물로 드리라 이는 너희가 드릴 영적 예배니라

내 삶에
특별한 문제가 없으니
어느새
몸의 편안함에
마음을 쓰고 있는 나.

영원한 사랑
안타까운 눈빛으로
주님은
나를 기다리고
또 기다리고 계셨네.

나 이제
내 몸을 산 제사로
하나님께 드림으로
하나님의 기쁨,
하나님의 사랑이고 싶네.

경건 생활

나의 의지로
영적 삶을 세우려 하나
반복해서 넘어지고
좌절할 수밖에 없네

그러나 하나님은
연약한 나를
작은 그리스도로 보시며
만들어 가시네

나의 믿음도
나의 성품도
나의 경건 생활도
주님께서 이끄시네

나의 의지에 대해
철저히 좌절했을 때
주님과의 만남도
주님께서 이끄시네

회개

어둠 속에서
헤매던
발걸음을 옮겨
빛으로 향하면

주님은
환한 빛으로
우리를
맞아주시고

우리로 하여금
빛으로
들어가게 하시며
빛을 향해 걷게 하시네

우리의 돌이킴은
빛으로
가는 문이요
사랑의 문이고,

거룩한 인생을
시작하는 문이요
아름다운 사명을
발견하는 문이네

감사와 기쁨

감사는
우리 안에
잠들어 있는
기쁨을 깨우고

기쁨은
감사의
친구가 되고
예쁜 얼굴이 되네.

잠시 멈추고
지금 이 순간
주어진 선물들을
생각해 보면,

우리 안에서
감사와 기쁨이
춤추기 시작하며
밝은 빛이 비추네.

행복

하나님께서
나에게 주신
모든 것,

나의 육체와 정신
나와 함께
살아가는 사람들,

내가
가지고 있는 것이
충분하다고 여기면

나는
모든 것을 만드신
하나님과 하나가 되고,

아름다운
하늘과 구름,
나무와 새들까지

모든 것이
나를 위해 존재함을
깨닫게 되네.

하나님의 아름다움

하나님은
하나님 자신과
자신의 작품을 통해
하나님의 아름다움을
드러내시네.

우주 만물의
균형과 조화,
통치를 통해,
자연의 질서와 섭리를 통해
나타내시고,

하나님의 형상을 담은,
하나님을 앙망하는,
사람들을 통해
하나님의 아름다우심을
보여주시네.

하늘

오늘도
운전을 하며
하늘을 본다.

파아란 도화지 위에
하얀 물감을 떨어뜨려
입김으로 흩트림같이

하늘은
새털 같은 구름으로
아름다운 화폭이다.

하나님은
나의 인생에도
작품을 만드신다.

고난과
문제를 통해
밋밋한 나의 삶에

놀라운 기적과
아름다운 성숙을
화폭에 담으신다.

봄

겨울 동안
열지 않았던 창문을
오랜만에
열어보네

이른 아침
새들의
노랫소리들이
나를 들뜨게 하고

향긋한
봄 내음과
부드러운 숨소리가
내 귀와 코에 와닿고

나의 눈
나의 두 볼과
나의 입술을
애무해 주네

오늘도 내가
보고 듣고
느낄 수 있음이
감사하네

선인장꽃

꽃이 피지
않을 줄 알았는데
꽃은 여전히
피어나고,

쉽게 피지 않은 것만큼
쉽게 시들지 않고
자기의 때를 빛내며
선인장꽃이 피어있네.

꽃이 자연스레
피어나듯이,
사랑도 때가 되면
무르익어 아름다우리.

나도
나의 계절에
내 이름의 꽃으로
곱게 피어나,

쉽게
시들지 않는
아름다움으로
오래 피어있어

사랑하는 이의
두 눈빛 속에,
그리움 짙은 가슴속에
오래오래 머물고 싶네.

갈랑코에 I

책상 위에 있는
너를 보면 볼수록
나는 너의 어여쁨에
빠져들었고

너를 알고 싶음에
긴 시간을 검색하고
또 검색하다가
너의 이름을 알았다.

갈랑코에,
너의 이름을 알고
그 이름을 불러줄 수 있어
얼마나 내 마음이 기쁜지...

나는
너로 인해
다육식물 세계를
새롭게 만났다.

긴 기다림을 아는 꽃.
오랜 시간
자신의 아름다움을
유지하고, 지킬 줄 아는 꽃

연주황빛 귀여운
작은 얼굴들,
초롱초롱 고운 눈빛이
내게 눈을 맞춘다.

갈랑코에 II

손톱 크기보다도
더 작은 꽃들이
계속 피어오르면서
쉬 지지 않는 갈랑코에.

물을 자주 주거나
섬세한 돌봄 없이도
환하고 싱싱하게
웃고 있는 꽃.

나를 사로잡는
너의 매력은
항상 소녀 같은
너의 청순함이라.

무척이나 색상이
화려하고 아름다우나
며칠도 못 가서
시들어 버리는 꽃보다

오랜 시간이 지나도
여전한 아름다움으로
내 곁을 지켜주는
네가 더 좋음은

잠시 반짝이는 사랑보다
바래지 않는 선함으로
오래 지속되는 사랑을
꿈꾸기 때문이라.

하얀 나비

거라지 문을
올리자
하얀 나비
유유히 너울 치며
떠나가네.

하얀 나비를 보면
누군가가 나를
생각하고 있는 것이라
바람이 나에게
귀띔해 주네.

하얀 미소로,
우아한 맵시로,
고요한 몸짓으로,
잠시
자신을 보여주고,

10년을
3초처럼 머물다
깊은 상념으로,
긴긴 여운으로,
하얀 너울을 가렸네.

나팔꽃 I

해 질 무렵
나팔꽃,

다소곳이
접혀있네.

언제나
밝은 빛을 향하고

빛을 사랑하고
빛 가운데 숨 쉬는 꽃.

너는 어두움에는
눈길도 주지 않고

마음도 접고
온몸도 접은 채

빛을 향한 순결과
사랑의 갈망을

마음속에 키우며
아름다움을 지키네.

나팔꽃 II

스스로
버티고 설
강한 줄기는
없어도

땅까지
자신을
낮출 줄 아는 지혜와
유연함으로

막힌 담을
타고 올라,
담을 넘고
전봇대를 타고

하늘을 향해
뻗어가는
초록빛 하트 잎과
나팔 모양, 보라 꽃.

하늘을 향한
찬양과 함께
온전히 드려지는
너의 사랑이

쏟아지는
아침햇살에
맑은 전율로
나의 심장에 닿는구나.

생존과 사랑

생존에
최고의 가치를
두는 사람은

생존을 위해
사랑도
사람도 희생시키나

사랑에
최고의 가치를
두는 사람은

사랑을 위해
세상의 모든 것을
희생하네.

사는 것보다
더 중요한 것이
죽음을 준비하는 것이요,

죽음 앞에서
무엇을 위해 살았노라고
고백하는 일이네.

동백꽃 당신

인생에
불어닥친
비바람에도

당신은
맑고
밝았습니다.

뼛속까지
파고드는
고통에도

당신은
환하게
웃고 있었습니다.

회오리바람과
눈보라에도
당신은

하늘의 뜻을
몸으로
담아냈습니다.

그래서
모두는
괜찮은 줄 알았습니다.

당신의
고통과 아픔을
알아채지 못했습니다.

당신은
갑작스레
땅에 떨어졌습니다.

시들지 않은
모습으로
아무 미련도 없이,

홀연히
당신의 근원으로
돌아갔습니다.

사랑하는 이들에게
안타까움과
애절한 그리움만 남긴 채.

붉고도
고운 모습으로
흐트러짐 없이

홀연히
땅에 떨어지는
동백꽃처럼,

아!
당신은
떠났습니다.

멀리
이국땅에서
고향을 그리워하며.

어머니

어머니께
해드리고 싶은 것이 많았습니다.

그러나
너무나 오랫동안

저는
해야 할 일에 묶여 있었습니다.

어머니는
이제 떠나셨습니다.

어릴 때부터
어머니께 해드리고 싶었던 것들은

아직
해드리지도 못했는데

나는
해야 할 일들로부터

아직도
자유로울 수 없는데...

육신의 쇠약함과
세월의 무게는

딸에게
기회를 주지 않았습니다.

나는 아쉬움과
깊은 탄식과 그리움으로

어머니를
불러봅니다.

어머니,
어머니!

오늘도
어머니를 그려봅니다.

어머니는
갚을 수 없는 사랑,

크고도 깊은 사랑만
남겨두고 떠나셨습니다.

딸

딸의 결혼식이
끝나고

함께 즐겁게
식사도 하고

딸을
담담하게 떠나보냈네.

밤에 피곤하게
잠이 들었는데

"우리 딸,
예쁜 우리 딸"

울며불며
딸을 찾는 꿈을 꾸었네.

의식 속에서는
딸을 잘 보내는 척했는데

딸을 향한
엄마의 애착을

무의식은
전부 알고 있었네.

사랑의 힘 I

모든 것이 있어도
우리의 눈은
보고 싶어 하는 것만 보네.

우리가
사랑할 때
좋은 것만 보이고,

우리가
미워할 때
싫은 것만 보이네.

그러므로
우리가 서로
사랑할 때

이 세상은
고통 속에서도
평안을 누리고,

이 땅에서도
아름다움을 보며
천국을 맛보네.

사랑의 힘 II

사랑은
거대한 에너지네

사랑은
나와 너를 움직이게 하고

조금 더 견디고
버티게 하는 힘이네

사랑은
섬세한 관찰을 필요로 하며

지치지 않는 수고와
끈질긴 소원을 낳고

세상을 움직이고
우주를 움직이네

하나님의 사랑

분수처럼
솟구쳐 오르는
기쁨과 능력과
평화와 생명.

그 실체의 중심으로
가까이 나아갈 때
우리는
사랑의 물보라에 젖고

그 실재의 중심으로
들어갈 때
우리는 물보라가 되어
사랑으로 세상을 적시네

늙어 갈수록

내가
나이가 들수록

내가 알았던 사실이
모든 것이 아님을,

나의 생각이 항상
옳은 것만은 아님을

나의 주장이 반드시
맞는 것만은 아님을,

내가 믿고
고수해 왔던 것을

세월 앞에서
내려놔야 함을,

지금까지 해왔던 것도
내려놓을 줄 알아야 함을

나는 날마다
깨닫는다.

그래서 날마다
겸손과 존중을 익혀간다.

황혼

선명하고
아름다운
둥근 얼굴

발갛게
달아오른
열정과 패기

하늘을
물들이고
나를 물들인다.

나의 황혼도
더 아름답게
타오르며

세상을
아름다움으로
물들이다가

홀연히
영원 속으로
떠날 수 있기를.

묘비명

산 위에서
미끄러져 가는
태양을 볼 때마다
나의 가슴은 뛴다

붉게 물들어진
하늘과 구름이
눈부시게 아름답고
황홀하기 때문이다

나의 황혼도
땅의 만남들을
하늘의 사랑으로
물들이고 싶다

누군가의 가슴에
누군가의 인생에
사랑의 흔적을
남기고 간 여인,

영원한 사랑을
갈망하며 살다가
그 사랑의 근원으로
돌아간 여인이고 싶다

나의 무덤에는
하나님을 사랑하며
사람을 사랑하던 여인으로
적혀지고 싶다

돌봄의 사랑 _데살로니가전서 3:11~12*

당신의 영혼을
사랑하고
돌보는 것이

나의 삶의
이유요
목표입니다

당신을 향한
끊임없는 생각과
기도가

당신의 필요를
보게 하고
알게 하고

당신에 향한
애절한 관심이
그 필요를 채웁니다

당신은
내 영혼의 기쁨이요
자랑입니다.

---

* [데살로니가전서 3:11~12] 하나님 우리 아버지와 우리 주 예수는 우리 길을 너희에게로
갈 수 있게 하시오며 또 주께서 우리가 너희를 사랑함과 같이 너희도 피차간과 모든 사
람에 대한 사랑이 더욱 많아 넘치게 하사

해바라기

나는
해바라기를 보면
가슴이 뛴다

하염없이
바라보며 기다리는
해바라기처럼

사랑하지만
만날 수 없는
그 누군가가 있기 때문이다

해바라기를 보면
빈센트 반 고흐가
생각나고

그를 사랑했던
헨리 나우웬이
생각난다.

사랑의 불꽃

내 가슴속에
사랑의 불꽃으로
찾아온 당신.

그 불꽃은
나의 가슴을
사랑으로 뜨겁게 하고

나의
눈을 열어
세계를 보게 했네

사랑의 불꽃은
오늘도
나의 심장을 뛰게 하고

나의
전 생애를 사로잡아
인도해 가며

나의 삶을
불사르며
불꽃으로 살게 하네

천상의 만남_데살로니가전서 4:16~17[*]

개인의

종말이든

지구의

멸망이든

이 땅의 삶이

끝나면

하늘의 삶이

시작되네.

나는

하늘에서

주님을

뵙게 되리니

---

* [데살로니가전서 4:16~17] 주께서 호령과 천사장의 소리와 하나님의 나팔 소리로 친히 하
늘로부터 강림하시리니 그리스도 안에서 죽은 자들이 먼저 일어나고 그 후에 우리 살아
남은 자들도 그들과 함께 구름 속으로 끌어 올려 공중에서 주를 영접하게 하시리니 그리
하여 우리가 항상 주와 함께 있으리라

끝없는
그리움과
동경 속에
나를 가꾸고

유리 같은
정금 길에서
주님을
만나면

사랑스런
모습으로
주님 품에
안기리.

사랑의 불꽃